U0465846

钱红丽 著

河山册页

江苏凤凰文艺出版社

图书在版编目（CIP）数据

河山册页 / 钱红丽著 . — 南京：江苏凤凰文艺出版社，2022.1（2022.10 重印）
ISBN 978-7-5594-6161-2

Ⅰ . ①河… Ⅱ . ①钱… Ⅲ . ①散文集 – 中国 – 当代 Ⅳ . ① I267

中国版本图书馆 CIP 数据核字 (2021) 第 188112 号

河山册页

钱红丽 著

出 版 人	张在健
责任编辑	张 黎　姜业雨
装帧设计	周伟伟
责任印制	刘 巍
出版发行	江苏凤凰文艺出版社
	南京市中央路 165 号，邮编：210009
网　　址	http://www.jswenyi.com
印　　刷	苏州市越洋印刷有限公司
开　　本	880 毫米 × 1230 毫米 1/32
印　　张	9.25
字　　数	180 千字
版　　次	2022 年 1 月第 1 版
印　　次	2022 年 10 月第 2 次印刷
书　　号	ISBN 978 - 7 - 5594 - 6161 - 2
定　　价	59.00 元

江苏凤凰文艺版图书凡印刷、装订错误，可向出版社调换，联系电话 025 – 83280257

代 序

何大草

　　我与红丽没有见过面,文字相交却已有十几年:她是编辑,我是作者。同时,她是作者,我是读者。凡在报刊、微信公众号上见到她的作品,我定会细读一遍。有时会赞叹,写得真好啊。有时则以为,其实还可以更好些。总体而言,她的笔是有力的,文字有很强的感染力。我读了她的长文《江上》《给喜欢的人写信:致李商隐》,默然良久,又读了一遍。还推荐给学生,嘱其好好学习。也到当当买过她的书,譬如《一人食 一粟米》,读了满心欢喜。

　　她的散文,但凡是写故乡、写食物、写厨房,我都喜欢。它们洋溢着浓厚的家园、日常的滋味,是乡土气和才气交融的佳作。譬如她写豆渣,这是一种很低廉的食物,我小时候也吃过,只记得满嘴都是渣渣,不好咽,她写来却满纸鲜香,低廉是低廉,格却高了上去,所谓豆渣的富丽荣华,比山珍海味还有意思。我也就怀疑,我吃过的,是不是豆渣呢?

　　我觉得,好的乡土文学,不是土,是洋。此洋,非指西洋、东洋,是高级。譬如,她写端午早晨:"外婆把粥煮滚,熄火,焖一会儿。她起身,伸手在灶头吊篮里抓几只风干的新蒜头,拿火钳夹起,送进锅洞。锅洞里有漫山遍野的青灰铺陈,有温度的,不时闪着火星。"我喜欢,但我写不出来。

由于某种荒诞的原因,如《江上》所叙,红丽没能念高中,从而也就错过了大学。但也可能这是她的所幸,躲过不少人"训练有素的平庸"这一劫。她自学、自我成长,自带一种野生的力量,文字敏感、锋利,偶尔也有愤怒。对于愤怒,我中年之后有所警觉、警惕,克制自己的愤怒,且和别人的愤怒拉开距离。但红丽在表达愤怒时,也释放着更多的善意,对人、对一餐一饭,有细腻的爱怜。这让人读着,又是温暖的。好比是冷铁打造的壶,看着是冷的,摸一摸,却热烫烫,热到心头。

作家的故乡,我以为有两个,一个是生长之地,一个是成长之地。

前者是一个地方,有童谣、乡风、父母的打骂,风吹稻浪,笑声喧哗,自然也有豆腐、豆渣、菱角、鲜藕,等等可见、可触、可嗅的记忆。

后者不是一个地方,是几千年绵延至今、流淌到心里的诗书礼乐,简言之,传统、古典。

《河山册页》是红丽的游记,游于皖中,走出皖外,足迹所至,遍及大半个中国。读者可以借她的眼,看见很多异乡的风物。

　　不过，打动我的，却是在这本写异乡的书中，读到了带异色、异质的故乡。在古典故乡中，她写到了王维、李白、三曹、桐城文脉……换一个视角，去辨识古人、古人和古人的关系。譬如李白和王维，她推想："到了秋浦河边的李白，将半生行迹来来回回捋捋，或许于某一刻，对于王维，他瞬间懂得了，继而有了那么一点体恤之心。"是耶非耶？不必有答案。但这样的推想，已经让李、王之间看似漠然的关系，染上了秋意暖色。我也是喜欢的。

　　她写异乡的故乡，风物虽异、口音不同，而世态人情，一如家常。北方的刀削面，禅院师父的素饺子，都似乎让我一起陪吃了。而从岳西一个老人的灶台上带回的葫芦瓢，陈列于书柜，舀水舀出的包浆，"泛出古铜色幽光，静静依靠于一排书脊边缘，犹如一个禅修之身。"读得我悚然一惊。而在景区开一家冷清杂货店的年轻人，见人累了，就端一只矮凳给人坐，上面还绑了厚棉布。见人渴了，就给人倒茶喝，倘不喝茶，他就把茶叶倒了，再掺白开水。你饿了，就拿出锅巴、红薯干给你尝。问他为什么对我好？他说，我对所有人都好啊。他未必懂禅修，但，大概在前世就修出了菩萨心。红丽在文中夸他："眉清目秀。"这书一出版，可能他就成了景区一景了，自然，是好景。

亏他眉清目秀，如若是个胖子，可能就隐而不叙了。女作家、女性，大概都是有点分别心，以貌取人的。红丽曾为三棵细长的白菜写了一段话："曾在普洱菜市看见一种菜，清铄高瘦。老人们爱买，一两棵放在竹制篮子里，绿灰相间，诗意流泻……菜啊人啊，一瘦气质就出来了。"而在桐城文庙见了孔子像，直感慨胖了些，不该这么胖："知识分子不能胖，一胖，便蠢了。"

这自然是偏见，近于恶搞，然而有趣，读着一股子爽气。

虽然我在红丽的异乡中读到了故乡，但，这无数的故乡，也只有在异乡才能写得出。

近百年的艺术家中，我很喜欢齐白石。《白石老人自述》读过两三遍，印象最深的，是他的中年"五出五归"和"衰年变法"。五出五归后，他的眼界自此阔大，而画格更高。衰年变法，则不再走八大山人冷逸的路子，自创红花墨叶法，成就一代大师。

《河山册页》让我联想到五出五归。那，衰年变法呢？她实在距离衰年还远得很。不过，我还是期待她有变法，不必衰年，在盛年、日常，在下一篇文章、下一本书中：依然有才气、野气、生辣味，还有一些不同的东西。

最后一段话，是我写给红丽的，我也时常对自己这么说。

2021，初夏，成都。

目　录

001　宣州寻李白

017　山中日与夜

033　寂寞桐城

045　亳州记

055　北方之冬

067　秋风吹过永嘉

077　岳西在天上

088　诸暨笔记

103	凤阳之秋
114	普洱纪行
126	浮槎山记
138	杭州之春
151	苏州日记
161	青阳记
174	贺州之春
184	几曾湖上不经过
192	春到姥山岛
198	商城记
206	成都，成都
218	停下便是故乡
222	一详大理

242　二详大理

251　太平湖记

257　访白云寺

265　寂寞浮山

272　泡桐花一样的杭州

276　溪声

279　褒禅山记

宣州寻李白

一

去宣州,登谢朓楼,近旁的朴树国槐,皆满冠铭黄,风来,落叶簌簌。老人们树下对弈,颇为陶陶然;远望群山剪影,刘禹锡《秋词二首》中几句来到目前:

山明水净夜来霜,数树深红出浅黄。
试上高楼清入骨,岂如春色嗾人狂。

这宣州,自谢朓以降,李白来过,韩愈来过,杜牧来过,不晓得刘禹锡可有涉足,仅以这几句描摹皖南深秋山色,确乎恰当——处处山明水净,树叶由绿转黄,数棵树已成红色,在浅黄中格外显眼。登上高楼,四望清秋入骨,才不会像春色那样使人发狂。

是的,春色向来喧而繁,如春水初涨春林初盛,不停地往外洋溢着扩张着的春情……唯有秋色,沁了一层霜意,于清浅浓郁间徘徊辗转,随便往山中一站,让你微微拢一拢袖子，满山的铭黄绛红，尽收眼底了。登高远眺，总是想抒情，但，澎湃的诗情恰好被满目寒气适时收敛，人又变得自持起来。橡实滚了一地，椭圆身体上端，戴一顶小尖帽，酷似陀螺，煞是可爱，捡拾几粒，藏于口袋，三四日中，不时伸手摸摸，余温尚存。

九年前暮春，初次来宣州，伫立敬亭山巅，因多雾，未曾望见清亮的水阳江，大抵便是给予李白"抽刀断水水更流"灵感的这条江吧。这次，又因故错过。因时间关系，众人于半山腰盘桓片刻，便往水东古镇去。

敬亭山脚下有一亭，曰：古昭亭，建于明，汉白玉拱廊，早已斑驳，"古昭亭"三字已然风化，需仔细辨认。大约是敬亭山唯一古迹了。

残阳斜照，竹影婆娑，洒下一地碎金。秋阳遍布丝丝寒气，袅袅地，每一脚踩下去，似叫人听见薄脆之音，这便是"秋声"了。

斜靠于古昭亭廊柱留影一帧，沾沾岁月的寂气古气。石柱凉气袭人，自是一凛。

当年，石涛第一次面对黄山的磅礴大气，忽然有了自卑，自忖一支笔驾驭不了，于是下山，选择宣州居下，一居十五年。在这漫长的十五年里，潜心磨炼自己，慢慢地，内功有了，格局宽了，视野阔了，下笔自然深厚起来。无论写作绘画，抑或浸淫任何一种艺术形式，成就一个人的，除了心性，唯有刻苦。

宣州这一整座城池，皆成石涛刻苦之明证。

李白呢？我真是对他一言难尽。九年前，第一次来敬亭山，尚年轻着，只能浅显体味他游离于众生之外的孤独。九年后，陡增白发的我，算是活到了霜意里，再读《独坐敬亭山》，自是别样：

众鸟高飞尽，孤云独去闲。
相看两不厌，唯有敬亭山。

这个人，他一生不肯与自己和解——更多的时候，他是鸟，也是云，盖世的才华成就着他，也摧毁着他，注定独立于芸芸众生之外，个中痛苦，常人无法理解一二。他的灵魂一直为命运所驱赶，置身于山水自然之中，半生漂泊在路上。你看，到末了，人真正留恋的，还是山水自然。

李白以他的身体力行，实践着走向自然；而王维，则通过一支笔，走向山水，融入自然……较之王维的半官半隐，李白放弃得更为彻底纯粹。

秋初，曾带孩子去往马鞍山采石矶、当涂李白墓等处拜谒，期望在他小小心灵深处埋下种子，或可起到示范之效：

我们既要读万卷书,也要行万里路。甚至,行路比读书更为重要。

李白墓前,孩子鞠三个躬,将唯一的橘子献上。自他牙牙学语,我们开始给他念李白诗。一首《望天门山》,音韵感、节奏感,皆好,统领着一气呵成的流动性,孩子稍读几遍,便会默诵。偶尔,回小城芜湖探望父母,当车过长江,指着不远处的天门山方向告诉他,李白那首诗就是来这里写下的,我们眼下正行走在他这首诗的自然空间内:

天门中断楚江开,碧水东流至此回。
两岸青山相对出,孤帆一片日边来。

二

李白当年慕谢朓来宣州。当下的我们,分明慕李白而来,沿着他当年行过的路,走过的桥,历宁国,往泾川……

整个皖南,堪称为安徽的代表——一个"徽"字,有山,有水,有人,又有文。安徽整个的山水人文皆凝聚于皖南。皖南接纳了一个天才,并令他流连数年,死于皖南,葬于皖南。甚至,他可以令一名粉丝不朽。

这粉丝,名叫汪伦。

自泾川县城用过午餐，驱车沿青弋江，一路西行，往泾川。正午的秋阳让一江碧水光芒闪烁，铺排成无数碎钻，白亮亮的，直晃眼……一小时余，至桃花潭。秋水澄澈，潭面上生有一种俗称"薇秧子"的植物，令水域更为幽深。

汪伦并非桃花潭当地人，他的兄长当年任歙县县令，自然熟悉李白行踪，后，告知汪伦。汪伦怀着热望之心，写信与李白：先生好饮乎？这里有万家酒店。先生好景乎？这里有十里桃花……

嗜饮且好游的李白，怎能不来？一居，便是小半年光景。乘船离开当日，本无告知。可是，汪伦到底赶来，岸边踏歌相送……汪伦的歌声中，李白想必湿了眼睛的。有一年秋天，在云南鹤庆小城，当我们乘车离开，导游小姐姐唱起离别的山歌，纵然听不懂白族语言，但那忧伤的旋律，却也令我默默湿了眼角。

这世间，最可珍的，便是人与人间真挚无言的感情：

桃花潭水深千尺，不及汪伦送我情。

人类的文明不朽，个人的诗才不朽，汪伦同样是不朽的。汪伦并非不朽于诗文，而是他的真挚、赤诚，温暖着李白，慰藉着李白，让这名天才少了小半年"对影成三人"的孤寂。

桃花潭，深三十三米，一米三尺，共百余尺，但汪伦的情义，深有千尺。

黄昏，众人于潭前徘徊，一只苍鹰倏忽而来，低空盘旋，久久不去，有着惊鸿照影的惊艳。我还看见一小群秋雁，翩翩地，往西飞，是"晴空一鹤"的悠然……

下游不远处，即石台县。那里流淌着一条河——秋浦河。李白曾于秋浦河畔，写下《秋浦歌十七首》。

这一组"秋浦歌"，一扫往日七言的勃发，个人非常偏爱。仿佛生命刹那间有了一个急转直下的转折，自情绪上的滔滔春情，逐渐过渡至漫漫秋意，读来，孤寒而沉郁。

沉郁之气一直是抓人的，庾信的《哀江南赋》《枯树赋》，何以不朽？因为沉郁。它烘托出人类所有的哀哀不能言。李白这组五言，适合夜深辗转，无以入眠，干脆一骨碌爬起，就着孤灯抄抄小楷，墨在一粒粒字间洇开，一朵朵黑花无辜地开在雪地上，白里见黑的夜气载浮载沉，抄至后来，渐渐地，凉意四起，正是古人信笺里最后一句落笔，"天凉如水，珍重加衣"的意思。

桃波一步地，了了语声闻。
黯与山僧别，低头礼白云。

到最后一首，读出了李白向王维隔空致敬的意思，他向那个"夜静春山空"的王维双手合十，遥遥一祝：你还可好？

李王二人，似乎一生不曾交集过，出于星辰与星辰间的遥远而淡漠？与孟浩然，他倒是留下许多唱和之作，却不曾有过一首诗赠与王维。

李王的气息、心性，确乎迥异，所选择的道路更见悬殊，甚至，同在长安城时，彼此可能刻意回避过。于人生逆旅中，李白出长安后的彻底放弃，可能于精神疆域上更见开阔；王维一边礼佛，一边不忘上朝打卡——这种既修仙又不避俗世的首尾均占的处世作风，也是一失永失的李白所不屑的吧。

随着生命经验的不断更新，风风雨雨间，到了秋浦河边的李白，将半生行迹来来回回捋捋，或许于某一刻，对于王维，他瞬间懂得了，继而有了那么一点体恤之心——到底是文弱书生，于时代的滚滚洪流中，谁不是身不由己？这么着，为了同样不可多得的才华，难道不值得隔空浮一白？

黯与山僧别，低头礼白云。

从未见过李白这么俯首沉静过。以往的诗篇中，他自喻为云，到得秋浦河边，竟肯低头向白云行礼了。写这组五言，他想必没有饮酒，人处于自省状态下，便稍微将身子骨放低那么一些，整个诗风顿时沉郁起来。这个时候，他不是谪仙人了，只是一个普通的诗人李白，像杜甫那么平常平凡似的，终于成了一个沉稳的、复杂的又可爱的李白。

两鬓入秋浦，一朝飒已衰。
猿声催白发，长短尽成丝。

猿的哀鸣，可催生愁思，增添白发；秋风飒飒里，加剧人生无常的愁苦之情——精神的故乡早已不存，小我的无奈与卑微，全在这二十个汉字里。中年之诗，大抵如此。

我们的一生中，何尝没有遭际过庾信式"日暮穷途"的绝望？

那又怎样呢？末了，还是要走出来。所以，李白这组《秋浦歌》，我特别偏爱，这是属于一个个平凡灵魂的"杜伊诺哀歌"。杜甫的短短一生，仿佛全在"哀苍生"中度过了，而被小我还原成普通人的李白，当伫立秋浦河畔，面对茫茫白水，终于肯把头低下，一改往日"仰天大笑出门去，我辈岂是蓬蒿人"的放荡不羁爱自由之风。小我的哀伤，恰便似幽微之火，一点点捧在手心，将一颗心温热，御寒过冬。

这一组五言，也是李白自己为自己送行了。这个人，他一生都活在孤独之中。

这个高韬浮世的人,也只有他的笔下,才能流泻出如许姿态万千之诗篇。

三

桃花潭畔,有一木亭,众人纷纷然踏上,摇摇欲坠。伫立亭前,手把栏杆,桃花潭尽在目前,游鱼深潜,棒槌声声……这样一泓溪水,唐宋元明清,两千余年,一路流淌,依然澄澈如碧。

因为李白,桃花潭终于不朽。

在桃花潭,自岸东至岸西,需乘一艘竹筏。秋水盈盈间,拂动衣袖的微风中,似回到那个"知音世所稀"的唐朝,足以将天才的半生一网打尽。

山水自然与人心的真挚,才是这世间至为宝贵的东西。

短短三日,瞬间而逝。桃花潭是最后一站。起点为李白,终点依然是李白。这一趟寻踪之行,格外令人惆怅。

当年,也是深秋,李白于谢朓楼饮酒送别好友,写下名篇《宣州谢朓楼饯别校书叔云》:

弃我去者,昨日之日不可留;

乱我心者，今日之日多烦忧。
长风万里送秋雁，对此可以酣高楼。
蓬莱文章建安骨，中间小谢又清发。
俱怀逸兴壮思飞，欲上青天览明月。
抽刀断水水更流，举杯销愁愁更愁。
人生在世不称意，明朝散发弄扁舟。

尤喜最后两句：人生在世不称意，明朝散发弄扁舟。似有毁家纾难的孤注一掷，以白话讲，大不了不过了嘛！像陶潜那样彻底放手，又能怎样呢？

或许，潜意识里，我偏爱的，并非李白的冲天才华，恰恰是他这种毁家纾难的心性深深吸引着我。

马鞍山采石矶纪念馆内，存有一张李白行旅图。他的足迹遍布黄河、长江流域。这个人一生不缺的，正是水的灵气，山的磅礴。他以大半生的漂泊实践，写下一部部不朽的失败之书。作为他的知音之一，得亏有了魏万的整理收集，让这些天才诗篇得以流传，荫泽千年。

同样作为一个纯粹而天真之人，后来者苏东坡，想必也恋慕过李白才名的——他贬谪黄州时，同样日日与知音痛饮。有一次，与别人酒酣耳热至夜深，回家敲门，仆人睡得沉，无人应门，他只好去江边石上坐至天明。就是那一夜，

苏东坡同样有放逐小我的诗句,且看他发狠:

小舟从此逝,江海寄余生。

只是,但凡朝廷召唤,他又天真地赴任去了。在他,是"济苍生"的梦尚未破灭。而李白,因为失望,所以醒得透彻。

四

几日间,车子于山间盘旋。莽莽群山,重峦叠嶂,唯有一条窄路,天黑哪儿,歇哪儿。

至宁国县境,天色昏暝,夜宿板桥村。这里有人间最美的月色,冷冷清辉自天庭铺洒而下,是风吹薄宣的至柔至软。

山间的月色,充满灵性,颇为近人,什么也不说,只静静笼着大地,除了夜枭山鹰的几声吃语;群山剪影,若隐若现,犹如一排排坐佛,集体缄默着。天上,只几粒星子。

晚餐,贪食几口来自山野的有机蔬菜,放弃主食。八点左右,饿意浮上来。山间风寒,伫立户外望月,愈站,愈瑟瑟,饿意尤盛。四五人同行,走二三里地,去店家吃一碗素汤青菜面。

一行小小的人,夜行于山径,被冷月的光辉所笼罩,四周徽墨一般，漆黑无边。忽闻溪声，众人止语……深山之中，万籁俱寂，只溪声汀汀淙淙，似小提琴徐徐缓缓，无始无终，自是难忘……过后很久，方幡然有悟，这陪伴了我们一路的溪声，何尝不是帕尔曼拉出的《爱的协奏曲》？群山之中，众人冻冻瑟瑟间，被一泓清溪的深深爱意所包围，甚是慰藉。

我的童年，正是在这样漆黑的山路间行走过来的。一晃，三十年往矣，不免起了乡愁——世间到底有几人被这般的山风月色滋养过？

板桥村那顿晚餐，邂逅一钵鸡汤，滋味殊异，半盏下肚，顿时骨骼奇绝，神清气爽，精神为之一振。这只鸡，确乎饮过山泉水吃着虫草长大了的。因为我们的到来，牺牲两只，炉火慢炖，达四个时辰，筷子轻拨，肉骨分离。汤汁，鲜而甜，颇挂喉；肉，嫩而腴滑，香气弥漫，有回甘，至今回味。众人捧着汤碗，孜孜嚼着大灶锅巴，乡愁阵阵，沉渣而起。

被秋霜浸染过的南瓜，切丝，素炒，也可口；秋后的白菜、萝卜，甜而绵软……

僻野的平凡饭菜，一日三餐里，最是养人性命。

沿途经过的古镇、乡村，家家晾晒高秆白。这种菜，以秆高（每片菜秆足一米）叶少而得名，正是制作宣城香菜的主角。宣城香菜，于江南一带名闻遐迩。可惜，来得早了些，新一茬香菜，尚未腌好。

水东古镇，户户庭院洁净如洗，老人坐在矮凳上，将菜秆逐一片下，一匹匹摆砧板上，以小刀划开，复而将十几片秆子拦叶扎起，悬于晾衣秆，曝晒……站在秋阳里，看老人做这琐屑事，周身遍布深渊般宁静。

江南特有的水土，令高秆白清脆多汁。这种菜同属白菜科，沿途尽是它们的身影，一群群，鹤一样立于田间地头，徐徐秋风里，诗人般瘦长清秀，秆白如玉，叶呈苍绿，吹弹得破。这种蔬菜除了腌制香菜，亦可与香干同炒，脆而甜，也是佐粥的清口小菜。

五

以往，对于宣纸的高昂价格非常困惑，直至参观泾县宣纸文化馆，方理解一二。

宣纸论刀，一刀一百张，面积、品质不等，售价各异。

宣纸的主要材料，由青檀树皮、沙溪稻草交织而成。以8:2比例产出的宣纸，为"特皮"，适合泼墨山水长卷，润墨，形色自然；7:3比例产出的宣纸，是"净皮"，适宜册页、窄轴等；以6:4比例产出的，则是"棉料"，价稍低，适宜书法。

一张宣纸制成，需一年多时间，历经采料、晒料、踏料、淘洗、发酵、捞纸、烘晒等一百多道繁琐工序，秋冬春夏地，像不像一个人艰难走完一生？

凡稀世不朽的东西，莫不需要历经长久磨练。

宣纸，亦称"寿纸"，无论作出的画，写下的字，逾千年而不变色。据专家检测考证，现藏北京故宫博物院的唐朝韩滉那幅著名的《五牛图》正是宣纸而作。宣纸的制作工艺，可溯流追源至隋唐。李可染先生有一年在泾川参观，当来到车间，老先生情不自禁向制纸工人深深鞠躬，以示谢意。

也只有泾川这样特有的山水草木，方可滋润出宣纸这一稀世无匹之宝珍。

至今，宣纸的制作过程中，尚有两三道工序，机器无法替代，必须人工操作，其一捞纸，其二烘干，其三检测。我们在检测间停留不及一分钟，一匹匹洁白如玉的宣纸被检测员小嫂嫂呼啦啦拨来拨去，且毫不留情撕掉，众人纷纷惋惜，皆不解：这么好的纸，为何撕了呢？她责无旁贷解释：一点点瑕疵都不能通过的，品质在于严格⋯⋯众人流连不走，有人开始撩她：你好漂亮哎！她哗啦啦翻纸，头也不抬：我们这里水好，每个人都漂亮。自持的语气里，深藏自谦，又不乏骄傲。

是啊，一路行来，处处尽显清澈溪流苍翠群山。也只有泾川，才能生长这么好的青檀树；也只有沙溪的稻草，才能符合宣纸的纤维要求。大抵是水流的澄澈，成全了泾宣。

我们向来有敬惜字纸的文化传统，一张纸，承载着知识人的精神寄托，她正是一个族群文明的源头性载体。文房四宝里的笔墨纸砚，产于皖南的，总是最好——泾川的纸笔，歙县的墨砚。

最后一日，当我们参观桃花潭镇的翟氏宗祠，一位八十三岁耄耋老人，正摆了一叠书法在一旁售卖。见我一个劲赞美老人，同行的苏北老师言：没什么好奇怪的，这里的庄稼汉，人人都会习字为文。是的，这一切不禁令人眼热心跳，"晴耕雨读"的传统依然流传于皖南群山之间，这深深耕植于古老中国的文明，终究没有毁灭，纵然同样古老的"乡绅文化"于某一特定时期溘然而逝，但只要墨砚纸笔在，这文明的香火就永远不会断。

我站在老人的一副字前看了又看，他写：

命由心造，福自我求。

落款为：己亥初冬；桃花潭翟崇辉书。

尤其，"己亥初冬"四个小字，仿佛有墨迹未干的鲜润，点横撇捺里，自有云朵的飘逸飞扬。

六

凌晨早醒，白露未晞，拉开布帘，一窗群山莽莽，此情此景，犹如复刻了柳永的《八声甘州》：渐霜风凄紧，关河冷落，残照当楼。是处红衰翠减，苒苒物华休。唯有长江水，无语西流……

　　这世间的一切，都醒过来了……打鱼人撑着小划子，于雾气蒸腾的青弋江面收网，小野鸭忙着凫水……整个图景，好比范宽《溪山行旅图》。然而，他的画轴，历经时间的淘洗，渐趋泛黄，遍布岁月的旧意，而桃花潭这幅图卷，永远是簇新的，有人世的一份鲜活在，凑近些，似乎闻得着流水的腥气。

　　短短三日三夜，置身这白白苍苍的暮霭晨岚，听闻这响如天籁的溪声江流，看尽这山野间绚烂的红蓼黄菊……这就是我爱的皖南啊。

　　回庐车上，静静地想，作为一个立志从文之人，他活着，倘若有幸活到了中年已至，仅仅拥有山的厚度，远远不够的，他的心一定要不失流水的澄澈，一如这桃花潭水般清澈无垢，方算立起来了。

山中日与夜

孩子每年暑假外出旅行一次，核心内容不外乎登山。我喜水，在家找不着知音，次次落单。自幼儿园始，他陆续拜访过玉龙雪山、苍山、黄山、华山、天柱山等。辛丑年暑期，由于疫情，学校下发通知，不建议出省旅行，原本的登庐山计划，暂时搁浅。退求其次，登皖地省内一座山。

眼看他们即将出发，我忽觉无聊，表示愿意一起去。双膝有恙，爬山是不可能的，待在民宿看书，顺便眺望一眼山峦，洗洗眼睛，也好……

民宿坐落于半山腰，整洁，安静。

人被群山环绕，有不踏实的失真感。青山隐隐中，无所不在的钴蓝端坐天庭，白云自四面八方聚拢，将世间的洁净度过滤了再过滤，眼界里的一切，均是亮堂鲜妍。

烈日下，伫立民宿门前，眺望群山……远山毗邻处，飘着绸缎一样的云彩，距我如此之遥，却似近在身边，仿佛一伸手，便有着触感的润凉沁人，米白色，上好的桑蚕丝，鸟羽一般轻盈。

烈日如瀑布倾泻，晒得脑壳疼，但，只要望一望山巅流云，一颗心刹那间，陷入深厚的寂静中。

一

这座山，七八年前，来过一次。对于这里的云彩，记忆犹新。

午后，闲逛，遇一禅院。门半掩，好奇心驱使我们擅自闯入。

偌大院落，阒寂无声，空无一人。花圃里，许多绿绿红红的花，肆意开放。烈日铺天盖地，使人世更加静谧。自上院，至下院，闲走，闲看。坐一架葫芦凉荫里歇息。孩子站在一池流泉旁，渐发现，自己走到哪头，一池红鲤跟到哪头。它们大约饿了，拿出沙琪玛，捏成碎末，喂食它们……

一架葫芦真好看，绿的叶，丛丛簇簇，聚啸于竹架之上，唯有葫芦，是沉潜着的，垂坠而下。蝉在树上嘶鸣，耳畔风声一阵紧似一阵，反衬于人心，却又那么静。

渐渐，有诵经声。移步上院，师父们正做晚课，木鱼声声，磬声碧翠。是的，磬声是有颜色的，它一定是翠碧色的，跳动着的绿色。我们站在高耸的木门前，与诵经的师父们，隔一道门槛，听得入迷。

槛内槛外，自是别样。

身旁两株玫瑰，如火如荼，人间还是那么静。

一直不曾离开，等到住持，家人上前说明来意：可否留下用一顿素斋？

师父爽朗一声：可以呀。

她戴竹斗笠，行路一阵风，僧袍飘拂，仪态丰盈，像极敦煌壁画上菩萨。

晚餐，有新煮的面，刚蒸的馒头，炒饭……佐餐的，是红烧扁豆、腌豆角、腌黄精等。

我们一家，低头静静吃面。主持堂食的师父于食客间巡视一番，见我们碗里只有面，她立即端起菜盆，为我们添菜，轻言：多吃菜，抵饿。

众人食完，她们方才端碗。许多大师父，皆过午不食了。

二

天色向晚，晚霞满天，我们依然不愿离去。一边眺望玫瑰色晚霞，一边与师父闲话。彼时，她方明白，我们是擅自闯进来的。禅院不对外开放，一直紧闭着。是院里雇的种菜师父，黄昏时在围墙外打理菜园，门未关上。师父说，我还以为你们是熟人带进来的呢。聊着聊着，彼此熟些。师父盛情邀请，明天来吃午餐吧。

颇感欣慰。师父接受我们了？我进一步表示，想居进来。

她亦一口答应。

翌日,准备退了民宿。

孩子一早登山去,我往半山腰,逛菜市。有老人售卖观音豆腐。坐在一块青石上,陪老人一起卖一桶好豆腐。

临离开,买下三块豆腐,绿荫荫的,像拎着三只山雀子,一路唱着绿色的歌。师父邀请午餐,不能空手啊。九点钟的样子,送去禅院厨房,转回民宿。原本计划去厨房帮忙,转念一想,又怕被其他师父们误会——哪有上午九十点就来等吃午餐的人?踌躇之际,做完早课的师父发来语音:你咋还不来呢?快来吧,中午包饺子给你们吃。

一时感动万分,匆忙收拾行李,退房,拽着旅行箱,去敲院门。

师父盘坐于椅上,一见行止局促的我,双眼泛光:那两个人呢?

逐一明示,人家登山去了。

闲话至末了,她轻拍我的肩,以一贯爽朗的东北口音道:我一看你就是个安静的人,你们一家我都喜欢……

所有的局促不安被悉数纾解,灵魂仿佛有了归处,一下放松下来。

是周末,叙话间隙,陆续来了一批旧友居士。师父依旧盘坐于椅上。那些远道而来的人,一个个拜倒于她面前,行礼。如此隆重，令人惊讶。他们的眼神，虔诚，明亮，敬畏……默默一旁的我，感动起来了。

十一点午餐。每人面前两只碗，一双筷子。师父们忙碌着，杂粮米饭、烩茄子、炒丝瓜，各样小咸菜，每人一勺一勺分好。开始诵经，歌声一样动听。每个得到食物的人，皆双手合十，非常有仪式感。

那顿午餐，我吃出了人世的庄严神圣。

最后上来的是一盘盘饺子，葫芦丝的馅，杂有香菇，以及认不出的菜蔬，清香扑鼻。从未享用过那么好吃的烩茄子，削小块，裹一点面，油炸，放入番茄汁里烩出，甜而不腻，余味无穷；清炒丝瓜，带着有机植物的余甘，口感脆滑。

坐在近旁的一位老师父，她默默吃下两碗杂粮饭。长年茹素的身体，唯靠这碳水化合物维持健康了。她默然无声吞咽，让我想起一些温暖词汇：母亲，奶奶，外婆，老牛……她就那样吃着，每一顿，每一日，渐渐，在这禅院寂静老去……

餐毕，坐在廊檐凉荫处放空。师父在茶水堂招待一众居士，中途，她派人领我到她那里：你们家的那两位呢？我说，不用管，下山后自己解决。

师父睁大眼睛，简直棒喝：那怎么行，快打电话，外面能吃到什么好饭，还有那么些饺子呢。

不好拂她的意。那些葫芦丝的饺子，最后还是顺利进了家人的胃。

  各人房间安排好。禅院上上下下，各处也都熟悉了。往南眺望，一片空旷山谷——终于想起，这不就是七八年前第一次来时，车过此地，司机特意停车，怂恿我们拍照的地方吗？那一刻，十余人下车，面对山谷中的云蒸霞蔚，个个呆若木鸡。

  人类面对诡谲万千的自然之美，唯有惊骇。

三

  数年后，误打误撞，又一次来到此地。初秋，天高云薄，山谷里养不了策马奔腾的云雾，唯有一山幽竹修篁。

  黄昏，夕阳西下，玫瑰色晚霞，将每人镀了一个金身，瑰丽多姿灿，我们仿佛走在金色的天国，被静置于群山深处……

  落日余晖中，我给那些茄子、辣椒、小白菜、紫茉莉、蜀葵、滴水观音等植物们浇水，身心愉悦，无欲无求，仿佛初来人世，眼界里，一切都是新鲜。

  群山莽莽巍峨，自然万物显于目前。无边的风，自茂密的林间吹过来。令人一坐数时，并未思接千里，不过是放空。终于明白，王维中年丧妻，何以不再续娶？每人心里都居着一座高山，每人心里都旋转着一个宇宙，与星辰万物如此接

粗食

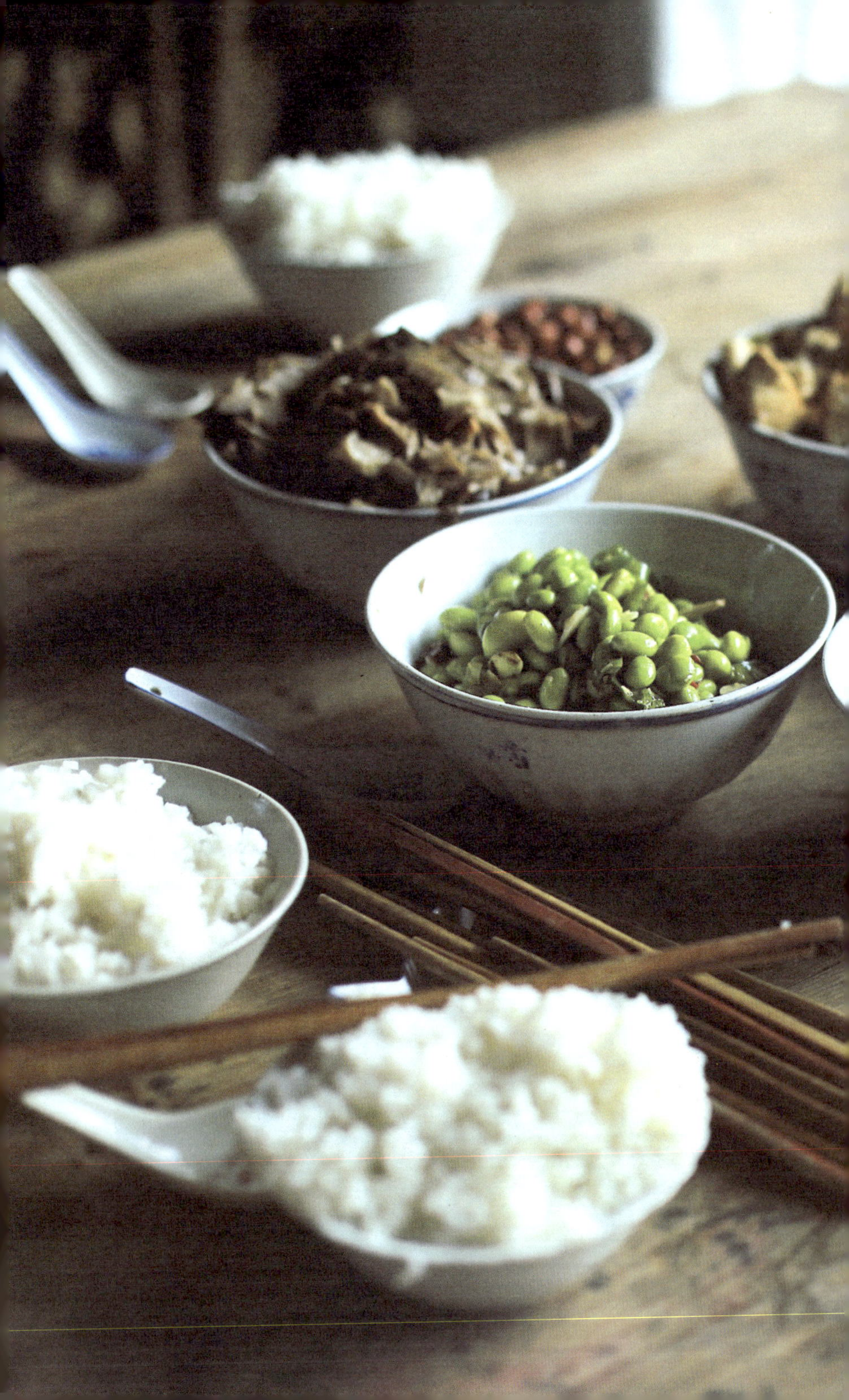

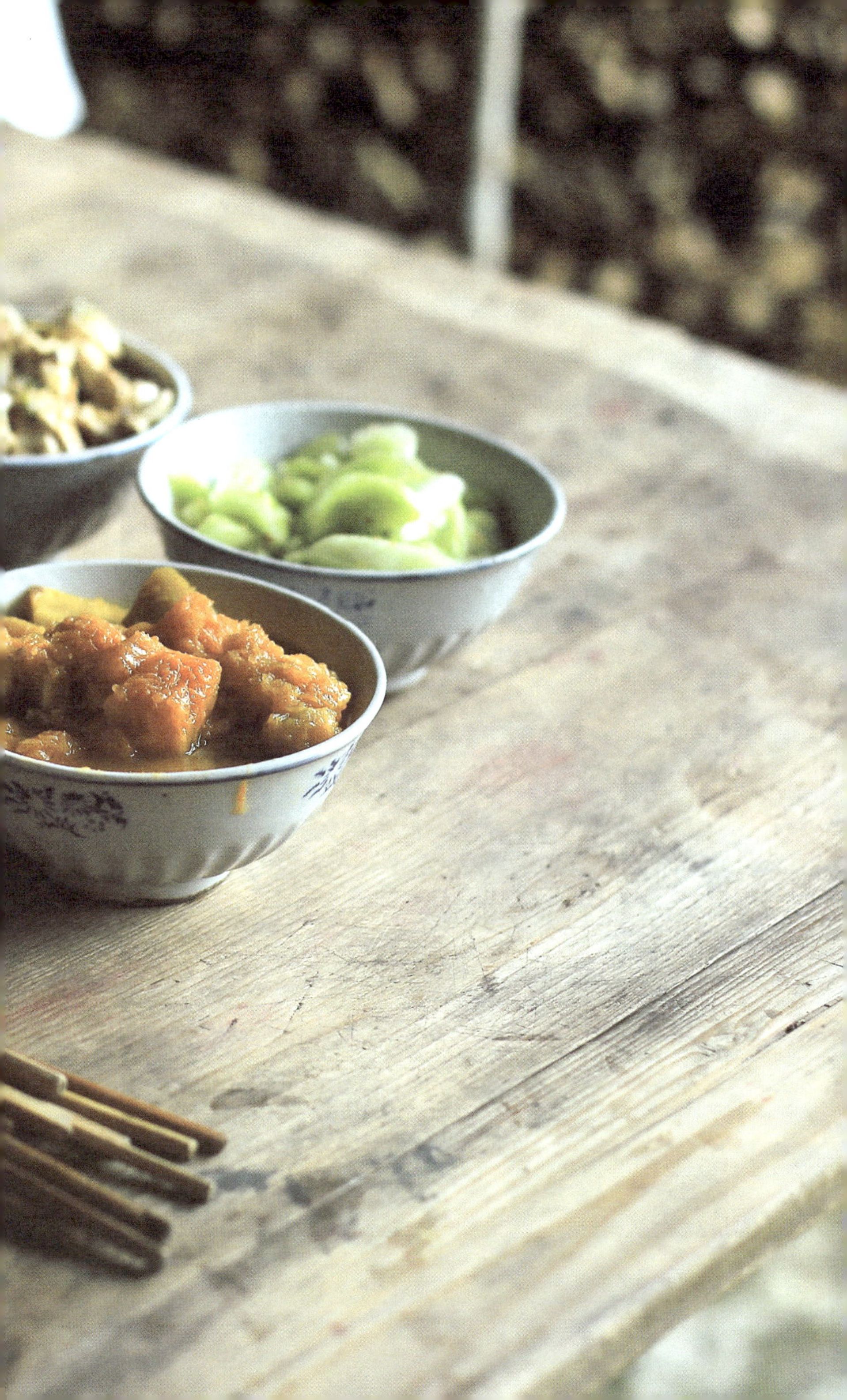

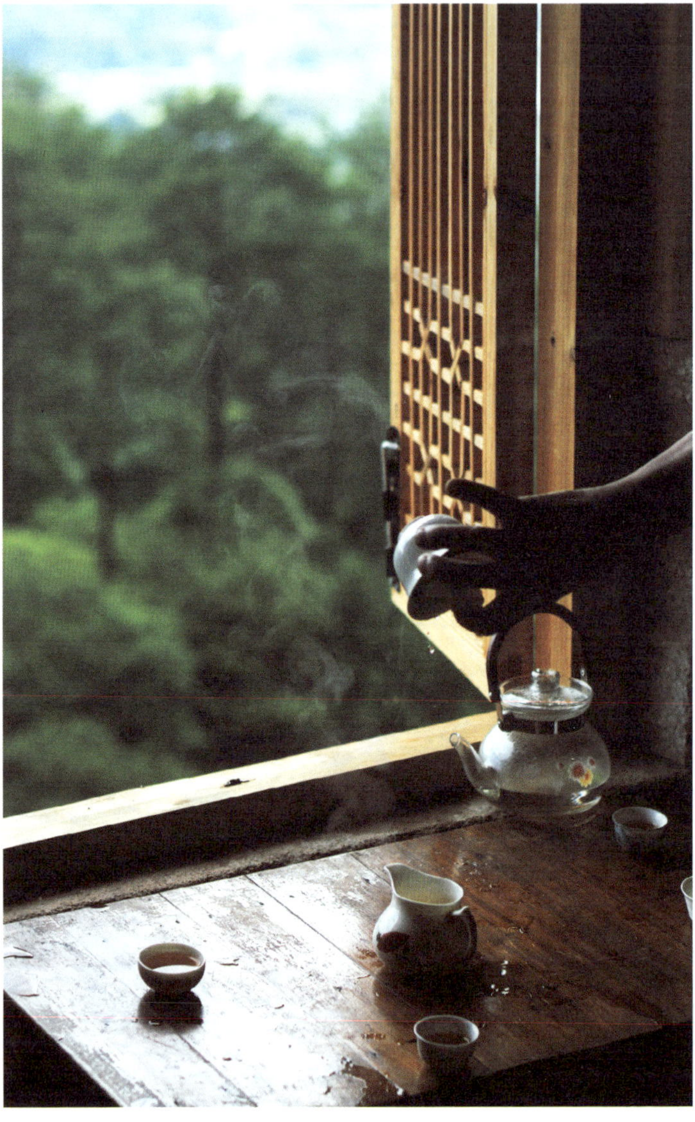

近，何有孤独可言？世间的妻子儿女，何以解决得了人心的孤独无依？

唯有这山川草木，这星斗明月，予人永恒陪伴。

这所面西禅院，每一黄昏，皆静送落日晚霞。

禅院里的师父们，一个个，心意从容，走在风里，鹤一样，瘦而清。是源于山风月色的荡涤，一个个，眼神明亮，各人做着各人的事，始终安安静静的。有的师父剥花生，有的师父晾晒野核桃，有的师父清扫庭院。

有一位师父，正打理她的一架葫芦。几十株，形成一块五六平米凉荫。她于根部施点儿发酵好的有机肥，浇点儿水，头微仰，将几片长歪了的葫芦叶子扶上竹架，动作轻柔，像牵一个幼儿的手，让你看出她整个身心的热爱与怜惜，夕阳将她背影剪成一道道闪电。对世间万物，无不爱惜，如我热爱文字一样，将全部身心沉浸进去，不为俗世所苦。

有位小师父，自遥远的山脚菜园，挑回蔬菜，马齿苋、苦瓜、秋葵、空心菜、茄子。

多年前，曾有向往，当实在烦极这人世，若有那么一处深山，一座禅院，一定前去闲居。这禅院最好有一大片田地，我也有了用武之地。将种菜任务承担起来，向来喜欢与泥土打交道。童年时，与妈妈种了十余年蔬菜，一样样，皆熟记于心，一样也不忘记。

四

这座禅院,是梦想中的样子,依山而建,墙内墙外,遍布菜园。扁豆藤爬满山谷边缘,开花的开花,结豆子的结豆子。小白菜秧子,刚自土里拱出,带着对这个世界的好奇,一瓢水泼过去,弱不禁风的身躯,趴至地上,一忽儿又站起来,抖搂抖搂一身水珠……蜻蛉、蟋蟀等一切昆虫们,躲藏于草丛里唱歌……

倏忽间,夕阳衔山而去了。自然界中所有生灵开始了吟唱,漫山遍野的歌声,映衬着这一山的黄昏,格外静谧,是在心上放一碗水,可见波涛万顷。

我一人,独坐于阶台,望向群山深处。世间许多事,不过是水过鸭背,逐一被捋顺,大海的归大海,星空的归星空……

夜来,繁星满天,独自走进山野无边的黑里,未曾惧怕,从未孤单,与自然万物融于一起。植物无垠的香气,遍布山间,一刻不曾离开你,是一种环绕,更是一种抚慰。满天星斗,照耀着我,照耀着群山,照耀着人世——这同样照耀过陶潜、王维、苏轼的星斗。在黑夜里奔跑的人,心间滔滔迭迭,如波澜壮阔之深海。彼时,一颗心从未有过的宽广,星辰宇宙那么无限浩瀚……人世间的我,纵然一无所有,但,于另一精神维度,又应有尽有了。

师父说：我俩有缘。

我们颇有几分神似，大眼，面丰。这也不过是本相，凡人与出家人之间，相隔十万八千里。我有喜怒哀乐得失心，师父早已通透。她如此慈悲，慷慨接纳一家陌生人的肆意闯入。她心细如发，考虑我睡眠不好，特意安排一间比丘尼的卧室，条件比其他宿舍好，静极。

夜里九点打板熄灯。

我好奇，不想睡，但也不便逾矩，将灯熄灭。举起手机，在卧室到处看看。比丘尼想必云游去了，她的衣服、书籍，井井有条规整于柜中，拖鞋、暖瓶静静安置于屋角。烧半壶水，等待中，看床头贴的一张纸，歪歪扭扭写着字，题为"印光大师开示"：

无论在家出家，必须上敬下和。忍人所不能忍，行人所不能行，代人之劳，成人之美。静坐常思己过，闲谈不论是非。

常生惭愧心及忏悔心。纵有修持，总觉功夫很浅，不能矜夸。只管自家，不管人家。只有好样子，不看坏样子。

看一切都是菩萨，唯我一人实是凡夫。

……

读这一行行小字，半壶水，咕咕咕翻滚起来。不免心生惭愧，这一切人之根本，我勉强做到一半，尚有长路要走。

五

一夜无梦。

凌晨四点,被打板声惊醒……渐渐,窗外传来轰然的钟声,渺渺的,如船行海上。这钟声拖了长长尾韵,于群山间久久回荡。原来,深山的钟声如此庄严肃穆。

师父们真是清苦,一直生活于严苛的律法中。四点即起,去做早课了。

这山中,隐藏有九十九座寺院。钟声此起彼伏于黑夜中——自银河往下眺望,这逼窄人世,原也沉静肃穆,一点一滴,都是让人爱的。

这一条通往世外小径,简单,又繁复,有人修持着,久而久之,在心里开了花。

禅院里打板的师父,永远是她一人。修长的身体,被青灰色僧袍裹住,风来,袍摆飘然。她的绑腿也是青灰色,一双僧鞋踏步于地下,无有一点声响。上院、下院,她一趟趟走着,一根木棍敲在镂空青石上,砰啪有声,似与古诗同韵,我特别喜欢听。这种打板,天然的诗性,有内在的节奏感,缓急轻重,声声断断,颇有劝谕之风。尤其熄灯就寝前夕,一声声,如大人哄孩子:该睡了。孩子不听,再加快一点节奏:睡了睡了。许多孩子都听话地熄了灯,对于个别顽劣的孩子，这打板声丝毫不恼，继续劝谕：怎么还不睡？直至你不好意思，快速将灯熄灭。她似不放心，依然敲几下……徐徐地，徐徐地，人世都静下来了。

就寝打板声，最是绵长。黑夜里，我躺在床上，想象着玉树临风的师父，弯腰敲打青石。她是禅院里最静的人之一。每次遇见，面容沉静，微笑挂在嘴角，在人世，似又不在人世了，终是与我们隔了一层。

这些师父们，她们的一颗心，想必离星空更近，消失了急迫惶恐患得患失。她们的生活，简单而清苦，内心却又是何等丰富呢。

六

有居士生病，无法照料两只泰迪，送来禅院寄养。是两条俗世之犬，无有佛性，见到孩子，疯狂吠叫，孩子吓得跑起来。一位师父出门来，呵斥住。惊魂未定的孩子立于院中，不知何去何从。这时，静窝一隅的老猫，快速坐起，向孩子奔来，它专注地仰望孩子，分明是以眼神来安抚。孩子顺势坐至花圃台阶上，它也跟过来了，将头往孩子身上蹭着，一刻未曾离开过，是无言的安慰：别怕，别怕。

一只有佛性的猫。其后几日，它一直不曾离开过孩子。

听老师父说起，这只猫是流浪猫，在野外被铁夹伤了左前腿，不幸截了肢。从此，只能三条腿行路了。

师父言：这院里四只猫都是流浪过来的，我们不能不管啊。

对于猫犬，师父们尚且如此慈悲，何况对我们这些贸然闯入的活生生的人类？

我们在禅院，用四顿素斋，居一夜，观两次晚霞，看两夜星斗。每每回想，如在昨日。

往后，还想过去居一段。深秋时节，等山谷里储满云岚，那种惊世之美，值得一遇。至凛冬之际，大雪封山，罕有人迹，山里唯有星空明月，那才是静，静至虚无。

在这古诗一样的虚无里，读读陶潜、王维、寒山、拾得……将每天的落日晚霞，逐一记录。

七

临出门前，原计划下山后，前往石台县境内的秋浦河。想看看，那是怎样一条河流——令李白写下《秋浦歌十七首》的河流。于山中耽搁久些，秋浦河一站，未能成行。

去或不去，均是一样，山在那里，河也在那里。

寂寞桐城

一

三十年前，在枞阳县老庄中学课堂上，当我们开始学习姚鼐《登泰山记》，大抵是个冬日。当讲起赫赫有名的桐城派，老师伸手拿起板擦，于黑板上重重敲击：记住了啊，刘大櫆的"櫆"，不读"槐"，以后倘若有人问起桐城派代表人物，你要说成方苞、刘大槐、姚鼐，那就丢人了。年幼的我们瞬间将"刘大櫆"的正确发音记住了，一辈子不能忘。

我们学校坐落于山上，纵然不见翠竹，却也遍布苍松，风来，松涛阵阵。当老师念：

及既上，苍山负雪，明烛天南；望晚日照城郭，汶水、徂徕如画，而半山居雾若带然。

一颗少年心，似懂非懂。牢牢记住"苍山负雪"的"负"，应作"覆盖"解，便于日后的试卷上，从容填空。

三十年后的冬日，终于来到姚鼐故乡。深夜认床，难以入眠。来时匆忙，忘记带书，闲着也是闲着，借助手机再次阅读《登泰山记》。

这一读，三十年往矣，难免有感慨。方觉"苍山负雪，明烛天南；望晚日照城郭，汶水、徂徕如画，而半山居雾若带然"这几句，何等流畅而美。实则，"负"，并非"覆盖"之意，这是不可解的，犹如《诗经》，若执意翻成白话，诗意顿失。无论古诗词，抑或古文言，它们的好，好在只可意会，无以言传。

这个负字，有背负、荒凉之意吧，是小我面对天地自然的空无虚静而生发的茫然，一霎时的灵光乍现，可遇不可求的才气，还有"半山居雾若带然"一句，将一座山写活了，是流动着的。这就是白描啊。

白描，最考验一个人的文字功力。姚鼐这么好的古文言，当初给一群十二三岁的少年们读，终究隔了一层。

走过三十余年辛苦路，历经风雨击打的人世沧桑，再回头，读这些古文，方才懂得些，他的简洁不芜，他的以一当十，当百，当千千万……

二

置身桐城，岂能不去文庙？

庙前几株银杏，叶子黄得通透朗润。除了这树，除了那座汉白玉的石桥，是老的，旧的；余下的，大约都是新的了。孔子像，胖了些。我心中的孔子，一定是瘦老头形象——这个人前半辈子辛苦奔波于各诸侯国推销自己，最后无功而返，只得退而办学，操碎了江山社稷的心，估计也总失眠，又岂能胖得起来呢？知识分子不能胖，一胖，便蠢了。

文庙的一个偏僻角落里，隐藏着一个逼仄展览馆，算是桐城派纪念馆了？桌椅板凳是新的，唯门前一对石狮子，遍身斑驳，透出了风霜之美。走着转着，姚鼐几幅书法作品，忽现眼前。那几日，所置身的均是崭新的桐城，古城墙于二十世纪三四十年代已然倾颓；东门城楼，为后来所重建，即便披沥着青砖，也丝毫掩不住的簇新之气。

于姚鼐书法前，徘徊了又徘徊，不免滋味万千——古桐城的一点文气，仿佛重又回来，丝丝缕缕，飘忽于他的点横撇捺间。冬阳橘黄色光芒透过窗棂投射进来，算是给予那几幅书法作品的重重追光，何尝不是生活的美意？

一幅《枯树赋》。

一幅《缙云三帖》。

伫立两幅字前，看了又看，不能移步，内心轰轰然。自一个乡下懵懂少年，到对桐城派的深刻认知，这中间，需要花去多少年？头发也白了七八根。

庾信《枯树赋》，是我最爱的——冬日无事，总喜欢去居家北门的荒坡散步，一边走，一边背诵《枯树赋》。这篇赋，契合着中年心意，寥落，孤独，仿佛天生不为人知：

木叶落，长年悲。
建章三月火，黄河万里槎……
昔年种柳，依依汉南。今看摇落，凄怆江潭。树犹如此，人何以堪！

面对生命里各样精神困境，面对再也回不去的往昔，沉郁，彷徨，却哀而不伤，只将一颗心，短暂地沉溺下去，而后，趁着夕阳下山，悄然回家，仿佛什么也未发生过，唯一颗心，被风声洗礼一遍。

这幅《枯树赋》，一定是中年之际的姚鼐写下的。当时的桐城派光芒四射，尚处于鼎盛期。及至民国，由于胡适、陈独秀等人的大肆鞭挞，桐城派渐趋委顿而去。这个统领文坛两百余年的派别，渐渐没落于白话文运动，简直赌气似的，说消逝，便消逝了。

对于胡适、陈独秀的彻底否定的态度，我始终困惑不解。

但，安庆的文风一直在着。

安庆、枞阳、桐城三地，是一衣带水缔结金兰的关系，永不可分。安庆好比一个早通世故的姐姐,一直无声地照拂着枞阳、桐城两个小弟——长江流淌多久,他们仨的关系便会存续多久,是一种精神上的血缘关系了,无论外力怎样阻隔,终是无以割袍断袖的。

当下,因行政区划,枞阳县被彻底抛出安庆地区,令人失落而兴叹。以往,写简介,定位自己"安徽安庆人";如今,退一步,强调自己——"安徽枞阳人"。一直认同于作为姐姐的安庆,枞阳一直是她的小弟,与桐城不分伯仲,永远都是。

说起文风不灭,十余年前,曾写过一篇《我的师承》,受桐枞一带山风月色所滋养,想必承继了一点桐城派余风,就算枉托师门无所愧悔了。

三

街上,不时掠过"桐枞食府"的招牌。桐城、枞阳两地的饮食习惯,大致相当。

酒店早餐,看见"雪水鸭蛋"四字,心里都亮一下。暌隔三十余年,他乡遇故知了。

小时,每逢大雪,我妈都要珍藏一坛雪,留待来年春上,呛鸭蛋用。雪水呛鸭蛋,这么风雅的事,大约只有我们安庆人做得来。

宴席上，吃到山粉圆子。刚一入嘴，便知，一定是刚洗出的新鲜山粉，Q弹软糯，齿间散发出块根植物特有的新香之气。蒸出的老南瓜，无论表皮纹理的走向，抑或口感的软糯，与童年的，自无别样。童年的味道，任凭走到哪里，皆无以忘却，具体是哪样，亦形容不出，但，离家三十余年，一旦相逢，依然可以精准对接上。是三十年前的竹帘挡住烈日，那一地荫凉，依然散发着三十年前的旧气。所谓老牛是不会长翅膀飞掉的，那一个个童年的梦，也薄了，脆了，是划一根火柴都可以被点燃的热切。

一桌人，一边啖着美食，一边谈闲白。桐城腔，大多维持于第二声调，温存，婉转，动听，一句句，犹如黄梅戏念白，实在美好。相比起桐城话的曼妙韵味，枞阳腔，颇显垮气，多第四声调。两地日常用语，多来自古文言，比如我们说的上昼、下昼，就比上午、下午，文雅得多。昼，不就是白日吗？用"午"指代白天，真的不太准确呢。

四

一日，起个大早，往嬉子湖去。途经无边的旷野田畴，一车人大约在讨论一个关于哲学的终极命题——人类将往何处去，以及关于生命轮回的玄学问题。有几人颇为担心，农耕文明怕是再也不能回归了。

车窗外,那些远畈的越冬作物一派霜意,迎着朝霞,金光闪闪,让人打个寒颤。一激灵,似又回到幼时,我们一日日里,便是这样踏着霜意前往学校念书——水田的稻桩,总是在每一个清晨,披一身寒衣,冷冷站在原里目送我们。我们称上学不叫上学,而是叫"念书"。即便考上大学,也会说,他到外地念书去了。一直强调一个"书"字。"念书"比"上学"更加深刻。刘大櫆,屡试不第,他也没灰心,后来便留在故乡教书育人;方苞,亦如是;姚鼐晚年,不也是自京城回到故乡教书吗?所谓诗书志业,一直源源不竭地流传下来了。

这些年过去,安庆地区的耕读文化从未消逝过,父母均希望自己的孩子念书,"读书为文"之风特别兴盛。我们单位二百余人,安庆籍同事占的比重最大,均是通过念书走出来的。这一点,走到哪里,作为一个安庆人,都应值得骄傲。小时,大人总是告诫我们,要发狠念书。

所谓发狠,就是要付出比常人多的辛苦。

还得说田畴远畈,以及那一座座安静的村落。家家门前一个木篱笆围起的菜园子,三四五六畦的样子,种着些绿蔬,芫荽、菠菜各半畦,青菜一两畦,再秧一垄蒜;包心菜永远种在地的偏旁,一株株的,被稻草绳拦腰扎起,宛如一个肥而美的胖妇人在风中系着一条枯黄的围裙，也顺便给芫荽、菠菜这些贴地长的蔬菜们抵挡一下寒风。这些蔬菜，跟城里泛工业化的大棚菜比起，长相自然浑厚，气质卓绝，一派苍绿，仿佛一颗颗不老诗心，近人，复拒人，吃起来，那么清甜。就是这些朴素而浑然的绿蔬们，最是滋养我们的体格。多年被饲养于城市的我们，一日日变得焦灼而紧张，不晓得为什么，一旦置身乡野，整个身心便舒展起来，天地一下大起来，沐风浴雨，过霜经雪，世间最可珍贵的，逐一来到眼前。

老人坐在阳光里打盹，冬萝卜也在阳光里晒着，切得细致的白丝子，铺在箥子上，一点点地风干……窗台上搁一两个红柿子，被白石灰的墙映衬着，像极齐白石老头画笔下的册页小品，望之，可亲可暖。

沿途尽是苦楝树。寒来千树薄，秋尽一身轻，落得一片叶子也没有了，树冠之上，徒剩串串黄果，风来，相互碰撞而咕噜噜微响，像极童年穿的花鞋子，大人特别于鞋跟带子上绑两颗铜铃，每抬一步，都是窸窸窣窣的悦耳之声，走到哪里，大人都找得到。

嬉子湖被大雾所困，不能登船。午后，雾气散去，方才解缆泛舟。一片白茫茫大水，仿佛进入另一时空，唯有空无虚静，让人默默然说不出什么来，震撼是有的。这嬉子湖的气质，与龚贤的画同出一辙，处处淡墨，只偶尔点缀一点焦墨。所谓焦墨，也用得节制，不是岸边的几株枯柳，就是湖中小舟上独自一个的人。初时，看龚贤的画，简直惊呆，这个人历经多少市嚣繁华，到最后才懂得删繁就简啊。在龚贤面前，黄公望、范宽们笔下的那些山水都显得满了。

冬日嬉子湖，是中年之湖，鱼翔潜底，莲荷尽枯，将所有的芜菁驳杂一一运化了，唯剩一湖白水，镜子似的，无波无澜。

湖对岸，是安庆。

嬉子湖的空无虚静，于画，不能流动；于文字，万千呈现不出一二。唯在柴可夫斯基的《船歌》里。

古典音乐是最高级的艺术形式，绘画次之，文学复次之。

湖的静谧广阔，是我白描不出的。回到合肥，一遍遍听柴可夫斯基的《四季》，自一月二月四月，到了六月，便是《船歌》了，钢琴始终在一个音阶上迂回，让一种空虚寂寞的情绪肆意流淌，渐渐地，远了，远了。回头再听，依然如昨，是无边的风声，是湖岸静止的枯树，是被霜所覆盖的荒草稻桩，一副副何等沉得住气的襟怀别抱，犹如桐城派，慢慢地，慢慢地寂寞下去了。

五

桐城在春秋时,曾被命名为"桐国",据说因盛产油桐树得名之。而今,纵然未见一株油桐,但,这座古城的地理轮廓尚在,所谓"抵天柱而枕龙眠,牵大江而引枞川"。

午后,去龙眠山,途经龙眠河。河面大片野植,临冬而不枯,蓬蓬然而盎盎然,一道又一道石坝,流水潺潺,不时有浣洗人的身影,间或棒槌声声。

正是这凭空而来的捣衣声,残存着桐城丝丝古气。

最让人心心念念的文气,则隐藏于文庙一角,在姚鼐的书法间,在《枯树赋》里,在《缙云三帖》里。

戴名世作为桐城派孕育过程中的继往开来者,一贯反对明末时期故作艰深、虚矫的文风,提出"言有物""修辞立其诚"的见解,主张文道法辞兼备,是奠定桐城派基础的先驱式人物。

古往今来的文章者,莫不是以诚挚情深而不朽于世的。到了后来者姚鼐,他则主张文章应"义理""考据""词章"合而为一。也就是说,除了诚挚之外,结构能力、语言能力、知识体系、文采风流等一样不可或缺。这便是踩着巨石上山了。一百余年过去,几人做到了呢?

当下,汉语正一点点地被粗鄙化,那种古已有之的风雅,只能去《诗经》《古诗十九首》里寻觅了。而古桐城一直寂寞在那里，等着风声雨声，以及我们这一群人前去凭吊。

龙眠山深处一个村落里，遇见一口池塘，当年李公麟洗墨之地。他的龙眠山庄早已灰飞烟灭，村子依旧是那个古老的村子。时已黄昏，天上一轮残月，静静凝视着层林尽染的龙眠山。池塘前，伫立久之，颇有寒意，凛冽入骨，风来风往，无所止，亦无所终。

村旁，溪水不歇。一位耄耋老人，坐在黄泥夯实的老屋里，静静守着一尊观音菩萨。几案上袅袅三炷香，忽明忽灭的，像极桐城派余温，纵使寒冬，也被无形的胸怀暖着，更是任何时代的风雨都摇打不灭的，桐城派的文风一直在着，也永远冷不了。

六

几日盘桓，看湖观山，旅途劳顿，睡眠差强人意，身心俱疲。晚餐时，米饭无法吞咽，又担心饿了睡不着，去厨房，请求大姐额外烧一碗汤泡饭……

稍顷，大姐端上热气腾腾一钵，善解人意道：我给你加了一把小青菜，略微放点盐，好吃些。

就一小盏咸豆角，默默食下两碗菜汤饭——这把绿油油的小青菜,将人与人之间的善意彼此托付,将一颗心暖了又暖。

亳州记

一

自合肥往北，过淮河，景色渐不同，大片麦地一直铺到天边，青绿里隐有微微的铭黄，像极荷兰画家蒙德里安的抽象画，似流动着的。路旁一株株苦楝，树巅紫花，细淡而繁密，犹如钢琴协奏曲急速有声。苦楝花紫多多的，有微微暗香，每年准时开在小满前后。

我生长于斑斓阴柔的皖南，自小看惯水田漠漠的景致。北方的雄浑开阔，则是另外一层浑厚壮美，看得久了，隐隐有着直指人心的苍凉。甚至，连天上的流云，与皖南的，都是不同。

站在亳州老街胡同里望云，条件反射想起曹操的《观沧海》，是那种开阔的宇宙意识把你打动了。一方水土，滋养一方人，假若是一个生于南方的曹操，写出的《短歌行》，无论如何要软糯得多吧，何来"古直苍凉"之美？

第一次到亳州。最先被这里纵横时空的路名打动，以植物名，以古人名，命名每一条道路，清新，古雅。若以路名排行,亳州想必是皖地首屈一指的文雅之城。路过庄周路、漆园路,如若置身古代,庄子于涡水之畔,以夸张的寓言体与你娓娓道来人世的道理;白芍路、菊花路、牡丹路、芍药路……一路过去,又是簇新的灵气与山野之气了。

夜里,打车回酒店途中,原本昏昏然,忽见"希夷大道",一激灵而醒神,一座文气、底气兼备的小城。国槐深深,绿气盎然,沉稳而持重,仿佛神州五千年文明都被默默承担下来了。

也是夜里,古街餐罢,步行至十字路口,一抬首,高古的城楼矗立眼前。那一刻,直想去到城楼对面清真小店,要一碗油茶,二两牛肉锅贴,坐在小马扎上,闲闲吃起,慢慢打量行人来去。

街上,车少,静谧,时间的钟摆动得慢;灯亮着,影子一直追着你走,走着走着,一颗心倏忽安稳下来,世间仿佛没什么急着赶的事情要做。"闲"的繁体写法,门里一个月字,取倚门望月之意。一颗心闲下来,人类才会有倚门望月的雅趣,分明是沐浴生命而享受生命了。

小城的慢与闲,可珍,可贵。

二

　　去曹操运兵道。一颗心原本嘈嘈杂杂的,当望见"建安文学馆"几个字,确乎一个冷战,紧随而来的,则是几千年的浩浩汤汤,岁月于文学的恒久浸染中,变得庄严肃穆——三曹,建安七子,以至于整个汉魏文学史,令人瞬间有了谦卑之心,并陷入长久的缄默。

　　年轻时,一向热衷于曹植,沉迷于他的华丽、忧伤以及绵延的弱质之美,及至中年,方才懂得曹丕的难得,他的《善哉行·其一》多么好:

　　　　高山有崖,林木有枝。
　　　　忧来无方,人莫之知。
　　　　人生如寄,多忧何为?
　　　　今我不乐,岁月如驰。
　　　　汤汤川流,中有行舟。
　　　　随波转薄,有似客游。
　　　　策我良马,被我轻裘。
　　　　载驰载驱,聊以忘忧。

　　"策我良马,被我轻裘",少年一般的蓬勃朝气,这是要我们积极地活,无须整天愁苦不竭。"高山有崖,林木有枝",表明生命的忧愁自古皆有,好比高山有轮廓树木有杂枝一样天生即在。既然自古皆然,那么,我们何不超越它,活得更好些呢?也就是在尘世的废墟之上额外给予小我精神的光芒,从而活得闪亮……太了不起了。

每一次,当我对着镜子拔掉白发,他的《短歌行》鸽子一样扑闪着双翅,落至眼前:

人亦有言,忧令人老。
嗟我白发,生一何早。

"嗟我白发,生一何早"——对这个不可把握的浮世,谁不曾暗自喟叹过?这口气也长,自汉魏延续当今,到了我这里,到底,壮烈少了,执念多了,但,在我们的心性里,更多的还是不甘——我这条小命存于世间,不晓得可还能做点儿什么不?

曹丕四言诗,言浅,意深,雀跃,幽曲……读得多了,竟也生出寂然,一次次,想与人谈谈他,到底不能,苦于找不着另一人共话四言之美。那么,越发寂寞了,何不给他写封信呢?一直储备着一部书稿,以絮话体方式,分别给古代诗人们写信。已给陶潜、柳宗元、杜甫、王维、李商隐写过,曹丕,无论如何是回避不掉的。

三

建安文学馆毗邻运兵道,房间曲折幽深,空阔而润凉,墙上布满三曹书法体诗文,一幅幅看过去,手心皆汗,一颗小心脏不明所以的悸动。于《短歌行》前站得久些,默诵一遍,不免意念丛生,算是隔空致敬了。

拐一小弯,便是曹操建造的运兵道。这八千米地下铁工程竣工后,爸爸来过这里,儿子也会来的。两千余年往矣,作为父子俩共同读者的我,也来了,静静走在他们曾走过的砖道,心上有细雨鱼儿出,也有微风燕子斜。这砖道,时窄时宽,布满绿锈,并非青苔,以指触之,冰一般凛冽,直如曹操存世的唯一一幅墨迹"衮雪"二字,望之苍凉,尤其"衮"字那一捺,端详良久,隐约有"水何澹澹"之气息。这气息,并非逼窄的涡水之气,而是放眼宇宙星辰的苍茫之气。

曹操太了不起了——往后,或许我也给他写封信,光阴荏苒两千余年,他一直被误解着,到底知音难觅,肯以大历史观去体恤他的人,大约不止我一个吧。

自小,我们活在小说演义所灌输的正统意识下浑然不觉,哪怕民间戏曲呢,孟德兄一律白脸形象,几千年这么一路呵呵哈哈唱下来,他一直被钉在耻辱架前炙烤,什么"挟天子而令诸侯"的不忠不义,简直扯淡。等生命成长至一定高度,我们终于拥有了独立思考的能力,忽然有疑问:如果置身一个昏聩的世界,为何不能打破而取而代之呢?身处无明乱世的他,该有多痛苦。"挟天子而令诸侯"的选择,对于一个雄才大略之人,则是最大的善。"去汉未远,礼义尚在",他有徘徊,有辗转,最后到底不能,终究被"礼义"埋伏了。"魏武帝"是曹丕后来追封的,算是无寄之寄吧。还是儿子理解父亲些。

撇开所有的因素不言,我真正爱的,还是这对父子诗文上的超凡才华。

自曹操诗文里,还读出了他的火爆脾气——与我相若,脾气坏的人,大多肝火旺,并非少修养,而是实在无以自控。秉承这一点,我对他比别人似又多了另外一层体恤之心。脾气坏的人,较之心平气和之人,往往又多了另一重痛苦,总是陷入自省而自责的无序循环里,一直充满悔意,一直无以改变——生命因痛苦而厚重,不断涅槃,不断重生,眼界从而更为高远广阔:

日月之行,若出其中。
星汉灿烂,若出其里。

一般人写得出吗？不能！只有肝旺气盛之人方可胜任。说这些，天上的孟德兄大约可以微笑意会，且肯与我隔空一握吧。

据说曹操曾有一封写给诸葛亮的信，语气柔和……

生命后期的他，一定有着深渊般的遗憾，珍宝一样不可多得的南阳卧龙，远走川蜀。而天下三分的局面更是他不愿面对的。什么叫求才若渴？一个人口渴之时，焦虑又恍惚。也不知那封信，可有寄出去过？

那封信的存在，或许是焦躁的他对于这个人世的唯一耐心。

同是中原人，原本可以是一对灵魂知己，阴差阳错，各自的路越发远了。

四

亳州车站旁，有一小卖部唤名"鹿邑小店"。"鹿邑"这两字，仿佛熠熠生辉，今属河南地界，但，中原地区，自古不分彼此。送站的大姐言，近得很，约十分钟车程。如果重来亳州，一定借道看看。

北方大地的一马平川以及天上大开大合的灰色云朵，隐隐约约间，总有一种兵气，仿佛时光倒流，一步踏入年少时课堂,历史书一页一页翻过去了,徒留群雄逐鹿中原的喧哗、铿锵,耳畔时有鼓声,轰隆隆的遗韵犹存,待仔细寻找辨别,除了万里长风,除了一望无际的麦田,却什么也没有了——驻足涡河桥头,叫人好生惆怅,恰恰,连这种惆怅又都是辽阔无边的。

面对这条河流,又总能绕得开老聃呢?一部《道德经》,一代代人穷首皓经之解读,依然不明所以。私下以为,"道",应是"参天地"之意;"德"大约是"观自己"了。所谓"道德经",即,自宇宙天地万物至小我的一部经书吧。时移事往,岁月更迭里,老子骑青牛出关的形象愈发模糊,他留给世界的,除了一个背影,便是大片的沉默,也是柴可夫斯基《第六交响曲》开头,四五十把小提琴、中提琴、大提琴齐齐合鸣的浮世之音。

东方哲学,一言难尽啊。

绕不开老聃,同样绕不开庄周,作为一个擅长夸张、隐喻的寓言体修辞大师,西方所有的神话,在他的文本面前也会黯然失色:巨鸟展翅,可掀大海之浪涛,大鹏日飞万里……这种纵横捭阖的修辞能力,大抵得益于北方平原的无形滋养吧。庄子若生于皖南,想必写不出这么曲折意深的诗性童话。是的,我一直将他的文本当作诗当作童话来读——唯有诗与童话,才是充满神性的。

三十年前,我有幸毕业于皖南乡下的老庄中学。实则,中国的许多气脉一直留在了乡下。可惜,这所拥有哲学意味名称的中学,荡然无存。

五

回合肥的 T7787 次列车上,车长前来与同事及我攀谈。他自小热爱文学,学画,习古琴,至今笔耕不缀。问他:如此深秀而丰富,做这份工作可委屈?他笑:工作四日,休息四日,每天见众人,还能积累小说素材⋯⋯

一次,同事同样说起过:你不觉得我们窝在这里挺委屈吗?

我的愿望小而又小——但凡可以放下一张书桌,在哪里,都不委屈。

四小时后,车抵合肥,车长珍重戴上帽子,为我与同事两人打开另一扇车门,彬彬有礼将我的行李箱提出去。薄暮里,我们于人流熙攘的站台握手告别。

文学真是神奇啊。

因为机缘,被邀至古城亳州,于两千多年前修建的地下运兵道里感受着曹氏父子的气息文脉。未曾料,回庐列车上,有幸遇着了一位有着极高文学素养的列车长,于嘈杂无章的车厢里,我们三人畅谈一路。列车呼啸着,令平畴远畈的麦子急速向后倒去,小满过后,大抵就要动镰了。

这一路,我还看见过炊烟、绿树、紫花……世间一切,尽收眼底,仿佛一切都在着了。

北方之冬

一

车抵石家庄,已然黄昏,坐车去国山宾馆途中,太行山余脉默默跟了我们一路。

燕赵之地,自古一派苦寒气质。山不高,如丘微隆,青褐色,少植被,千万年为风雨所捶打,罗中立油画《父亲》那么沧桑。

站在宾馆门前,忽有风来,迎面一棵大树上所有叶子全部扑地。这北地的风,惊悚如鬼拍掌,一掌下去,树叶皆尽,看得人触目惊心。在皖地,初冬的树叶是一片一片落下的,三杯两盏般浅吟低酌,悠缓着的,飘飘然的,柔是柔了些,没有骨头的,恰似昆曲的水磨腔,缠绵,缭绕,至柔,至弱,似将余生拉长了再拉长。而北方的一树繁叶,须臾间尽落,如急行军,弥漫兵气。

燕赵之地,自古多慷慨悲歌之士,大抵为严寒气候所锻造。江南的温山软水,滋养不出这样一具具无畏英勇的骨骼。风萧萧兮易水寒,壮士一去兮不复还。太行山脚下,吟诵这样的古诗词，当真体味出那种悲怆的情怀，是家国的，也有小我的。

北地的风一直吹，一直吹，直如肖斯塔科维奇第七交响，令人深感灵魂的孤渺。

酒店设有河北省图书馆分部，借出几本好书，一夜夜，枕着风声批阅，一颗心瞬间找到了秩序，有归家的安宁。抑或黄昏，径直去图书馆，自高可及顶的书架抽出《芥子园画谱》，翻至哪页，读哪页——讲竹子画法，循着墨迹一点点揣摩这黑白技法，看着看着，不禁日薄西山，心为之静。

抬首窗外，斜阳下的太行山余脉，宛如汉碑，写出了魏晋以来的偶傥清正。

临走，俞平伯的一本书尚未读完，颇为不舍——不仅仅为了书，还为着这北地难得的静谧。

疾驰的车窗外，迅速掠过一望无垠的冬小麦，那贴地生长的浅绿，犹如浪花阵阵，滔滔迭迭于整个华北平原。

二

置身北地寒冬，适宜怀古，凭吊。

午后，三五好友相约，登抱犊寨。搭乘缆车，一路上行。那山，渐渐地迫在眉睫了，繁华褪尽，只石缝间匍匐几缕荒草，颇为寥落。再望那山，像极贝叶经，一卷一卷又一卷，苍苍白白，整齐叠放于华北平原，望得久了，顿生寒意，恍惚间，都是汉碑啊，写满《燕歌行》，一句句，清冽荒寒，予人异样的生命体验。

到得山巅，四顾茫茫，西边的太行山，巍巍峨峨，莽莽如神龙；东边的石家庄，一整个城池，尽收眼底。猎猎风中，天空格外遥远，大朵大朵白云，怕冷似的，不再游弋。近黄昏，落日巨大而浑圆，仿佛蓬勃着正午余温，渐渐地，隐于百余亩果林间，将一群人渡了金身，如梦幻泡影，如露，亦如电。

下山缆车里，邂逅几位山民。问身旁大婶，也不知抱犊山春天什么样子……她默默然自口袋摸出手机，将图库的照片一张张滑给我看：你看，这是杏花，我们这里今年四月还下雪咧……纵然未曾亲见过杏花开放，但那星星点点的浅红，隐于春雪中，却有着一份失真的美。

下至山脚，我们来不及互道再见，便各自消失于昏瞑之中。她穿一件竹布蓝的袄子，一条微微泛白的黑棉裤，纵然普通平凡，可是，谁又拦得住她有一颗耽美而真挚的心呢？当一个外乡人感念这抱犊山的荒凉无依，她什么也不说，只默默为你呈现一帧帧"雪中杏花图卷"。北地人山一般的内敛里，隐藏着落落大方的庄严肃然，令人敬重。

我们结伴上山，实为怀古，也为凭吊韩信遗踪。山顶，建有韩信祠一座，红墙碧瓦，残阳当照，北风萧萧，中华几千年文明史冉冉而过。公元前 204 年，韩信伐赵，最著名的一场战事生发于此。抱犊寨山势险峻，易守难攻。刘邦的盖世功业，岂能少了韩信的成全？

山顶果林旁，置一碑，以行楷记录着萧何月下追韩信之佳话。同伴周玉娴女史，系古典文学系研究生出身，她在寒风里，滔滔不绝为我上了一堂"汉史"课，听得人瑟瑟颤抖——人于学问面前，总存愧悔之心。若非执念于书写志业，何以拥有足够强大的脚力？成全一个人的，往往是他的胸怀与笔力，而这个人永不枯竭的灵感与创造力，正是自不畏艰辛的脚力中源源不断地来。

抱犊山巅，伫立久之，巍巍太行，莽莽荒荒，隐隐有兵气，千万年不息。真是爱极这北地的寒冽与清冷，呵气成霖，滴水成冰，世间的极简与繁盛，一齐涵容于此了。

三

作为一个稻米爱好者，在石家庄，滴米未沾。此地面食，天上地下一等一可口。

刀削面，汤宽，面筋道，哨子面，番茄鸡蛋面，牛肉面……

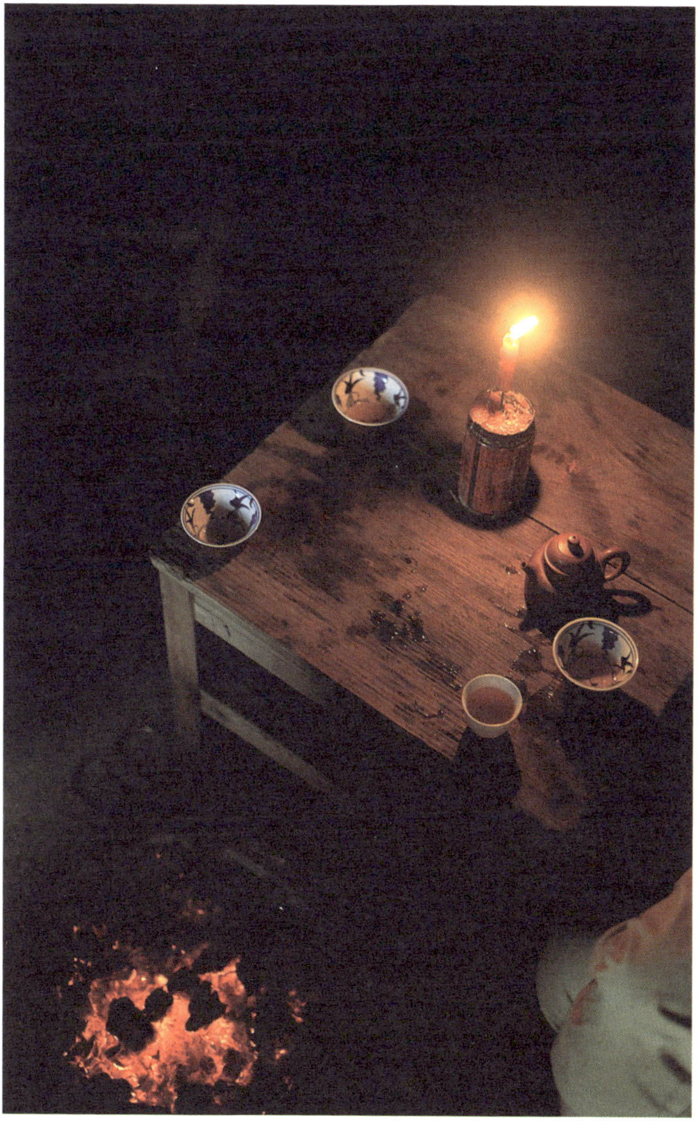

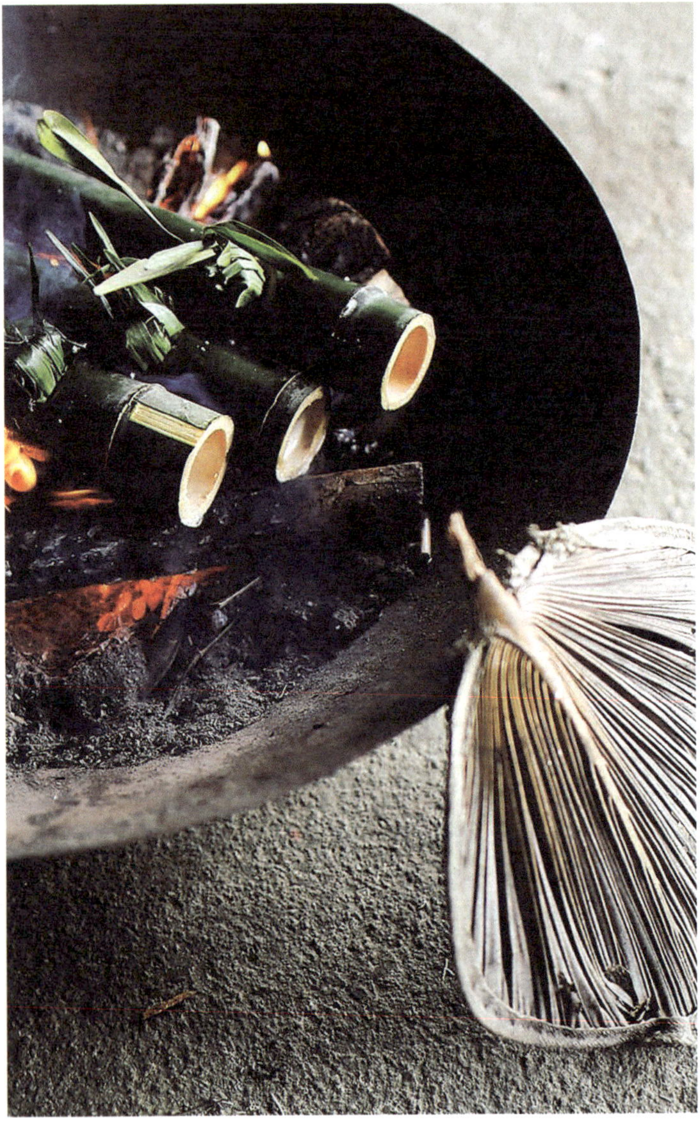

大抵整合了特殊调料,临了,捻一撮韭菜寸段,在汤碗里悠悠地荡。甫一入嘴,腴滑韧酸,香气如小号。面,食完,汤,亦一滴不剩。这面里,饱含着北地清寒的飒气,稍兼评剧的曲致温和,暖胃又养胃。餐后,外出散步,无风,亦嗖嗖。比海还深的夜里,太行山剪影忽隐忽现。天上,不见一粒星子,一片无所往无所终的深邃广阔,仿佛大风浩荡着,自西伯利亚吹来了,无所不在的荒荒漠漠。

某日,众人游土门关古道,四野苍茫,黄土漫漫,风吹于脸,直如刀割。众人瑟瑟而行于青石板铺就的古街,家家门楣为浑厚的布帘所阻,掀开一角,自是两样世界。热气袭然中,一口大灶泰然自若,揭开锅盖,羊肉包、牛肉烧麦,如士兵列阵——面对世间的温热,寒冷何尝值得一提?得见传说中的莜麦饸饹,依靠手压式汩汩而出的古典吃食,值得拥有一首莎士比亚十四行赞美诗。

一边自冷风里行路,一边不停咀嚼荞麦酥片——这里的天,是荒的;地,是老的。成语"地老天荒",想必为北地人所发明。《汉赋》《诗经》《古诗十九首》皆发源于北地,而潮湿幽柔的南方,才出《楚辞》。

曾好奇问询一位石家庄同行,去过苏杭否,可流连着不想回来?她说,不管走到哪里,不及三五天,一定想家的,自小居惯的地方嘛。她的童年在张家口度过,说是比石家庄还要冷。

像她这般自小成长于苦寒之地的人们，得兼备多么强大的内心，多么丰厚的内涵，与灵魂同处，才不至于孤独啊。

四

对于小城正定，一见难忘。一幕幕，犹如巨石投于内心的海洋，倒映着无数星辰，醒里梦里，一圈圈，繁复密集的涟漪里，荡漾的皆是这座小城的浑然之美。

身体回来了，一颗心，尚在小城，一遍遍徘徊于古城墙上，伴随毗邻的滹沱河日夜流淌……放眼而望，四座古塔端然而立。隋唐以来，它们天生注定就在那里，宝相庄严，静定从容，而夜风凛冽，热血犹在。这四座古塔分别出于天宁寺、开元寺、临济寺、广惠寺。尤其广惠寺的白色花塔，让人禁不住上前抚摸。

古塔呈现出的孤勇之美，何以动人心魄？这庇佑了世间无数生灵的不可多得的神迹，犹如若谷虚怀，引领人的善念，一直向着求真求美之路而去。

那个珍贵的黄昏，一位九零后导游以他丰富的知识体系以及人格魅力，春风化雨般引领着我们，穿行于历史画卷之中。近一小时的课程中，他分别给我们上了关于隋唐、宋、元、明、清以来的寺庙建筑、佛像、碑刻等知识课。他以一颗写碑之心,自手起至笔落,一气呵成,有星光作证。

隆兴寺,并非仅仅一座古寺,它是美的集大成者,也是梁思成先生所赞誉的"海内孤例"。

北地天寒,走到哪里,眼界里均是空茫一片,让人无所皈依,于精神上一直陷入孤单无告中。黄昏,被人潮裹挟着,迈入寺门,如坠梦中。走过一座又一座宫殿,直至遇见那尊被鲁迅先生称为"东方美神"的观音,颀长白皙的双臂,富于韵律的双手,骨骼清奇的身躯,幽泉一般清洌的眼神。一任客来客往,他兀自清寂。

北宋,作为一个空前自由的人性化朝代,连佛,亦可翘起二郎腿,也即鲁迅先生所言的"将神人格化"。面对这眼前心意从容的观音,你或许瞬间懂得了一句佛语——"观自在"。脑子里轰的一声,情不自禁双手合十,闭上眼睛,根本不屑于功名利禄一生安顺,我所祈求的,无非,这短暂一生,与美同在。

个人一直奉宋代为中国的文艺复兴时期。一个动荡的受辱的特殊时代,却于艺术领域创造出伟大的审美——绘画、建筑等艺术形式,均攀上巅峰,实在不可思议。

隆兴寺的石板、阶台,徽砚般质感,墨青色系,珍珠一样温润,历千余年,无数脚步的踩踏,愈发薄了脆了,一步步,实乃如履薄冰，因为心里有敬畏。整个寺里，处处流动着岁月的幽光。其中，大觉六师殿徒留废墟，十余平米青石累就的高台，以及四周微隆的巨大基石，殿阁主体早已风化于时间的风雨。正是这样的沧桑之美，惹人心心念念，流连难去。

寺院建筑南北纵深，中轴线南端为琉璃照壁，依次为天王殿、大觉六师殿（遗址）、摩尼殿、戒坛、大悲阁、御书楼、毗卢殿等十几座殿阁，恢宏庄严，是研究古代佛教寺院建筑布局的典型实例。寺内荟萃了历代碑碣、壁画、瓷器等艺术珍品，唯壁画一项，其精湛的笔法、设色，令我们仰望久之，徘徊不去。难怪梁思成先生赞誉：京外名刹，当首推正定府隆兴寺。

五

北方的黄昏，来得早些，四点半光景，斜阳欲坠。

与陈戎老师落在最后，在玉兰林辗转不去。何尝不值得春天再来一次？或许是一场春雪过后，用整整一天仔细赏识这雪后玉兰，满园花朵的洁白，映衬着这眼前的绿墙黛瓦，何等的肃穆绚烂，亦真亦幻，如坠梦中。

玉兰的造型，与佛界的莲花座是同质的，不染纤尘。历史的机缘，偏偏选择正定这座古城，安放不朽的隆兴寺。

寺内，有唐槐一株，千余岁，彻底卸下花叶相，宛如陈老莲的残梅病荷，一笔笔，铁划银钩。这历经千年风雨的身躯，似一个远古的惊叹号，兀立于凌寒之中。人来人往的溪流中，老槐犹如一尊顽石，拒人又迎人。树人两两相望，有一份寒冬的气息，脉络分明，自无边的天际来，当真值得写一首诗赠它。

树也是有情怀的，默默守住这千年积淀的内涵，似无多言，而世间一切，皆如烟云，唯有这眼前的宫殿屹立不倒。树、屋、人，相携互融，共同成全着这样的建筑之神态，层层叠叠中达成了空旷之美。这别具一格稀世无匹的文本，有着它内在的结构与韵律。一座座宫殿，颂诗般一唱三叹，巍峨而高耸的流动中，诞生着一首首伟大史诗，历千年而生生不息，值得我们惊叹并感念。人的一生何其短暂，到底拼不过这寺里一方碑石上的一粒行楷。这一行行汉字，经得起华北平原的风反反复复抚摸，永难磨灭。

寒风中，伫立久之，似乎找着了进入隆兴寺内心的途径，分明有一种韵律，磅礴流泻又万花怒放，一颗心激荡着又激荡，于千万人的喧嚣中，愈发安宁。

鲁迅先生一直未曾莅临现场。因为机缘，我替先生来了。这也是我所遇见的最叹为观止的一处神迹。当日，正值感恩节。

导游别一份清秀气质，一个有佛心的年轻人，瘦而清正，站姿端肃，嗓音有着大提琴般磁性，一路娓娓而来，有着布道的温情细腻。天色暗淡，槐树的阴影反衬得眼前的这个人浑身都在泛光，是幽光，毫不迫人——他以丰富的内涵，精湛的职业素养，以及一颗慧心，足以配得上所有的赞誉之词。

六

离开正定。翌日，华北平原飘起细雪。雪后隆兴寺，又该是另一番气象了。

苏轼在《临皋闲题》里言：江山风月，本无常主，闲者便是主人。

风中雨中雪中的隆兴寺，美如江山风月，值得安放心里。

秋风吹过永嘉

一

作为文雅异彩之地的永嘉,在整个文学史上简直是一个诗性的存在。

去永嘉的车上,一直读着的是《谢灵运集校注》。

谢灵运是我最想见的人之一。越过一千六百余年光阴的阻隔,他在"永嘉山水系列"里处处留下踪迹,让此行的我逐一辨认、探寻。

早晨五点半,拉开酒店窗帘,朝阳自瓯江畔冉冉而升,浑黄的瓯江水映衬着天上玫瑰色云团,简直一幅幅夏加尔油画。"不惜去人远,但恨莫与同",谢灵运当年想必与我一样,也在瓯江边长久地观瞻过日出吧。自谢灵运之后,王羲之、孟浩然、陆游、苏东坡、李清照都曾涉足过永嘉,黄公望、朱彝尊自不待言。不论人类文明如何演变,真正留得下的唯有文化遗存。

秋风徐徐,畅游楠溪江,不禁恍然。当年,谢灵运有一次纠集一百多人,一路长风浩荡,共游永嘉。巧合的是,我们此行恰好也是一百余位，实乃雅集重现了。

楠溪江江水细致温雅，宝玉般清润透明，泛着绿松石一样的幽光。夹岸烟波空茫，松荫蔓延，犹如行走于倪瓒的山水画轴里。要怎样精确地形容出这条江水的无垠无垢呢？它干净得真挚，仿佛深藏着一个个隐喻，好比一个人对于另一个人的深情，带着随时捧出一颗心的纯粹，一直有期待，但，永不后悔。不是说情真无敌吗？楠溪江的水就是无敌的。远方群山逶迤，近岸遍布芦荻、芭茅、红蓼……一群又一群鸭子凫水于溪上，目力所及，多为野趣，素白平凡，又绚烂多姿……难怪川端康成说，秋天是从天而降的。是这样绸缎般的秋天，又美又奇异。苍鹭一身雪白，立定于溪滩碎石间静思长考，忽而想起什么，展翼翩飞，贴着江水滑翔，犹如一连串洁白的动词，在绵延的水流间，把浑然不清的天地腾挪得灵气四溅，望得久了，如若梦一般的失真。

客车于山间盘旋久了，人快要盹过去，忽然，山民挑一担黄澄澄的柿子自山中小径而出，简直惊艳，简直是齐白石老头的一幅小品，何等的灵动鲜活。窗外不时掠过一抹抹绛红。秋天里，檫木的叶子总是先红，其次是乌桕的赤红，水杉的绛黄，余下的底子皆是松竹的苍绿。秋天真是慷慨铺张又奢靡啊，大片大片水彩任意挥霍恣意婆娑。大自然一定是有灵魂的吧，尤其霜降前后的深秋，更加舍得释放一种大美。到处溪流潺潺，一个男人蹲在溪边玩手机，孩子拿着网兜捕捉楠溪江里特有的青蛳，柴犬立于溪水间，目光涣散又迷离，呆呆望向远山——天地都是静的，而群山嵯峨。此情此景，让人想起一副楹联：花外子规燕市月，柳边精卫浙江潮。

不晓得为什么，一直偏爱浙江这个省份。近年，一来再来。夏初之季，应邀刚去过一趟小城诸暨。这次来，经过一站又一站，过德清、湖州、杭州、绍兴、缙云、丽水……就是这些地名，令一颗荒寂的心一次次鲜妍激烈起来。当广播报出"丽水"站名，心里咣当一声——张爱玲那封著名的信浮现于目前："我从诸暨丽水来，路上想着这是你走过的，及在船上望得见温州城了，想着你就在着那里，这温州城就像含有宝珠在放光。"

二

在永嘉，我的心一次次放着光。

在桥下镇，独自于菜地流连，远远走过来一位大爷，手里提着大串山芋，藤禾拖得几米长，他热情招呼，并要将这串刚挖出的山芋送我。大叔颇为羞涩又自豪地说，这是一串最多最大的山芋唷。数一数，足有七八只之多。絮话间，他老伴自菜地另一头赶来，手里拎着一只巨大的白地瓜，同样让我捎上带回家。推辞，婉谢，她坚持不辍，实在敌不过，又跑去摘山药蛋，直往我手里塞……我像一个精于农时的庄稼人毫无障碍地与两位老人相谈甚欢。蹲下，拔一株一拃长的萝卜秧子放嘴里嚼嚼，特有的辛辣味铺满整个口腔。空气里飘荡着异常好闻的乡村气息，一如故旧重逢，是微微的炊烟味道，馨甜的泥腥味，以及微微的粪味，醒神又刺激。四野青山绵延，稻谷金黄，芋艿巨大的叶片深绿茵茵……一对真挚慷慨仁慈的老人，乡土的中国，日常的中国，《诗经》里的中国……

菇溪河在一旁静静流淌。

眼看客车发出轰隆的启动声，急与老人告别，飞奔于窄埂，大爷在后面喊：慢一些，慢一些……

二十余年前，我自乡下回城，外公也是站在路边叮咛：慢一些，慢一些……

龙坡古村，偶遇一位九十岁老爷爷，正闲适坐在自家门口。他的牙掉光了，两腮塌陷，白雪满头。纵然闭了眼睛，也是笑容可掬的。一张沟壑纵横的脸，有蜜意与慈祥流淌——他正一颗一颗将荔枝肉塞进嘴里……怡然自乐的神态，像极沙门不坏之身，金色阳光铺天盖地照着他，如照一口井，如照一名诗僧。他门前池塘，倒映着天光云影，似储存着一世幽深,咫尺之地是广袤农田,晚稻开始动镰了,仿佛叫人听得见天地轰响,也叫人懂得高古寂历的生命意义。

三

有一日午餐,在永嘉山里的"岭上人家"。

对,这岭山人家,就是当年陶弘景的隐居之所。齐高帝萧道成以一颗惜才之心,屡屡劝他出山。面对皇上的诏书,他实在烦不过,答诗一首:

山中何所有?岭山多白云。
只可自怡悦,不堪持赠君。

前两句写实,后两句透出诗人的价值观。这真是为难了,一个皇帝又怎能懂得世间还有这样一颗脱俗之心呢?探知能力在一个人已有的文化修养与知识结构中,这样悠闲自洽的日子,只能自我愉悦了。山中没有华轩高马,没有鼎食钟鸣,只有清淡的白云。这种真趣,也非凡俗之人所能领略。齐高帝又何曾活至枕岚望云的境界?要说超然物外,淡泊处世,数陶弘景为最了。这就是中国典型的"士"之精神,追求"倚南窗以寄傲,审容膝之易安"的清简人生,在山间,与云雨星月为伴,肉身欲望消逝,唯有灵魂生活,纵然荒寂孤清,也一样"自怡悦"。言下之意,咱俩三观不同,又何必为伍呢?陶弘景的底蕴,实在是渊默如深雷啊。

读万卷书,远不如行万里路来得深刻。旅行就是一份无形的陶冶、滋养,让你不断地有所颖悟,于嶙峋叠立的岁月里勇于内心的自修。

谢灵运出身贵族,原本注定平步青云世袭官爵,未曾想,命运叵测,竟遭贬职于永嘉。离他当初的理想何其遥远,以至于整日不乐,退而求其次,聚啸友朋,徜徉山水,一天累下来,深夜不免空虚愈盛,只好写写诗了,算作遣悲怀吧。写着写着,可了不得啊,从此奠定了中国山水诗之鼻祖地位,永远都是一个光芒璀璨的先锋诗人——倘若没有谢灵运开启中国山水诗之一代诗风,那么,后来的陶渊明、王维、孟浩然们,不知要辛苦摸索多久。诗,亦是悟道的结果——人生天地间,原本物我隔膜着,人只有等到心中有了痛意,才会将目光转向自然,慢慢地,化一颗心于天地间,慢慢物我相融于一体了,后来的王维山水诗里,简直没有了人,唯有天地自然。人到哪里去了呢?融入山水自然中了。

你看,一路行来,我们读谢灵运,读王维,读孟浩然,这所有的读诗行为,莫不是悟道吗?自小我伤悲,到大我解脱,再到无我的大化之中,最后可不就跃上了王维的高度——江流天地外,山色有无中。

永嘉之行,正是一趟难得的古诗之旅,悟道之旅。

中国的山水诗与文人画,始终是一脉的,它们是中国文化史上永不磨灭的双星。

四

一次次回酒店途中,天已黑尽,总是望见江心屿灯火中耸立着的两座古塔。

人至中年,心绪枯寂,古塔特别合眼缘——在于它的古气、寂气、暮气以及凋敝之气。每见古塔,必有归属感,灰苍苍的,像一颗老灵魂伫立于风里雨里。最后一日,乘渡轮,去江心屿,古木参天,丹桂嫣然,榕、樟居多,偶有黄葛树,大多七八百年树龄。有一株细叶香樟,被雷劈倒于地,心亦空了,依然顽强地活……这眼前的一草一木二塔,都是旧的了,旧出了寂气,旧出了高古之气,旧出了渊静之气。岁月的沉淀,风霜的堆聚,百千年沧桑横流,古迹遍布——原来是这样的一个文化厚重的瓯越之地。英领馆犹在,风烟骤灭,华灯将残,青砖森然。

万里风霜鬓已丝,飘零回首壮心悲。

罗浮山下雪来未，扬子江心月照谁？
只谓虎头非贵相，不图羝乳有归期。
乘潮一到中川寺，暗度中兴第二碑。

站在寺旁石碑前，抄文天祥这首《北归宿中川寺》，不胜唏嘘，想他被俘后逃出，一路艰辛困厄，自零丁洋至通州，途经江心屿落脚，惊魂未定又失根无依的茫然苦痛……我的内心风雷激荡。一介尚武之人，诗写得沉郁婉转，又哀痛至极，堪比辛弃疾，铮铮铁汉，亦现柔情。

彼时，暮霭沉沉，秋色苍茫。这块石碑，格外予人一份残梅落照、苍莽浑厚的历史感。反复默诵这首诗，感念丛生。身旁的瓯江水滔滔滚滚，一路向东海去了。

五

这次温州之行，除了永嘉的山水给予人的美好陶冶，温商的底蕴，实在令人叹服。

不论身处任何时代，勤恳踏实地做实业才是最有光明和希望的，以致小小永嘉县城里，有着好几家上市公司。

红蜻蜓集团执掌人钱金波堪称一位富于诗心的企业家。当众人参观他们的鞋履博物馆时，无一不被其中广深渊博的气度所折服——温商的气质里，不仅仅有儒家的精神内核，甚可贵的是，他们骨子里遗承下来的诗性。这种诗性太了不起，它擅于积蓄一种灵性，打破凡尘俗世与知识的界限，向文化纵深处探索。一双小小鞋子，却也做出灿烂的文化华章。自鞋履的历史演变，到展示明清之际对于女性裹足（三寸金莲）的残酷禁锢，再去浩瀚诗书里检索鞋履影踪，以及展现各民族鞋履文化的千姿百态与深度认同。比如一部《金瓶梅》，有多少次鞋子的描写，不同阶层的人着不同品质的鞋子。一部反映俗世生活的《金瓶梅》，简直是一部包罗万象的鞋履文化史。这种做学问的视角，令人啧啧称奇。独特的眼光背后，必深藏一份匠心。钱金波将自己定位为一名"做鞋的工匠"。"格物"的极致，不正是文化吗？温商的文化格局，委实予人启迪，令人感佩。

实则，温州不仅强大在它的经济实体上，更让人心折的，自是其文化上的霸气，倘若他们主办书画大赛，则可轻易冠之以"王羲之杯""黄公望杯"——历来名家辈出，令人望之兴叹。

坐在百丈瀑前廊桥上，恰好一睹对面山之风采，连画框也不要，现成的大片焦墨挥成，分明是石涛的万壑千山图轴，有人曾评价石涛笔下气势"如山坠石"，百丈瀑的山体，壁立千仞，险境乍出，巨石危崖似随时崩塌而下。在山水自然面前，人方才觉出自身的卑微渺小，便也生出谦卑之心，然后只默默地，低头看水，抬头望山。

温州几日，循着谢灵运诗之遗踪，水也行过，山也看过，该启程回家了，尽管心中颇有恋恋。丰子恺有诗：樱桃豌豆分儿女，草草春风又一年。他这是叫人安于俗世平凡，但，仔细想，我们既应安于平凡，又该甘于不凡吧。

所谓不凡，便是千里迢遥地前来永嘉徜徉山水，像谢灵运那样给自己的诗文镶上金边，让平凡日子变得绮丽起来。

岳西在天上

多年前，阅读美国汉学家比尔·波特访问中国古寺的书《禅的行囊》后，对于司空山萌生了漫长向往。作为中国传统文化仰慕者，比尔·波特自二十世纪八十年末开始，无数次穿越中国腹地，遍访名山古刹，写下《空谷幽兰》《禅的行囊》《黄河之旅》等书，其中，司空山便是比尔·波特寻访的重要一站。

终于，我也去了岳西司空山下二祖寺。

一

对一座山惦记久了，及至真的相见，却也一如往昔的平静。蒲团边，拜了两拜，四周阒寂无音，连风声都消逝……

山脚下，围墙转角处，遇见一位僧人，年轻的他浑身上下发散的气质，近乎鹿照水的清寒。欲上前与之攀谈，又恐造次，作罢。

禅院饮茶时，心不在焉，一次次想离席，找他去，哪怕合个影呢——世间怎会有如此沉静的禅修之人？可能是长期茹素吧,他发茬青青的头上全是凸起的骨骼,后脑勺尤甚。

风把他空荡荡的灰袍吹拂着,又将下摆的袍角轻轻撩得卷起。这卷起的灰袍一角,令人惊动。他漠漠然往山上去了,不知可晓得,有人默默目送他的背影,高挑骨瘦的背影……往后,或许会写一个《受戒》那样的短小说,纪念眼前这一闪即逝的灰袍少年。

世间许多美而永恒的东西,高洁的品质,奇异的才华,老玉一样的溪水,千年的石桥,都是令人惊动的。

多年以后,不晓得可还有机会重访此地——二祖寺闲居几日,静对司空山。白日,放牧云朵。夜间,观瞻群星。

我们在下院稍事歇息,饮几盏老茶。斟茶的是一位女尼,她整个人,似一首灵动绝句,静悄悄的,不着一言。她提一只翘嘴锡壶,蜻蜓一般为众人续茶,轻盈,专注,沉静,是一直弯了腰的,谦卑守礼,浑身散布光芒。她身上的僧衣单薄,叫人想起一位香港诗人的名字——郑单衣。她脚上一双芒鞋帮得结实而精致,迈起步子,风一样安柔温和,经年的静修生涯才能练出的步态,真是应了一句话——无所执着,自在天真,何等令人羡慕呢。

这世间,有人欢喜酒酣耳热笙歌夜夜;而有的人,天生热爱偏居一隅,安于内心生活,沉溺孤灯黄卷,这样一直一直地往内走,生命方显恢弘辽阔。

无论哪一种活法，均有各自的华彩愉悦。一条条生命，最终殊途同归，不过是走向了空无所有。

那日，时雨时阴，司空山一直在那里，为白云环绕，看了又看，一直看不真切。因为一个慧可，司空山之美，古来共谈。

因时间紧迫，简直被催逼着离开了二祖寺。小声抱怨一句，被出门相送的大师父听见，他温和地说，是啊，还有上院呢，你都没去……走着走着，又退回去，与师父道一声再见。再见，或许再也不见了。念兹在兹，司空山一直在心里。

岳西县城慧可居酒店大堂，挂了三幅司空山册页图，乍见，颇为感念。画家下笔高远简静，用浅墨淡扫了一脉山脊，山脊边端坐一介庙宇，亭檐飞起，同样寥寥几笔，仅此而已。用笔纵然稚拙，但也有了浅淡虚无的底子，成片成片的虚白，如大雪茫茫，天地浑然一体。画前久站，神思渺渺，寒冷皆忘。

二

近年，无数次进出云南、江浙等地，对那里的山川之美，在纸上歌颂了又歌颂，终是难忘，总以为风景在别处。孰料第一次来到岳西，简直心折。

极目处，群山嵯峨，高峰入云，清流见底，青林翠竹，如坠仙境，处处尽显虚静萧疏之美。我们在明堂山做了一下午谪仙人，穿行于漫天云雾里。僻立千仞的岩壁之上，除了眼前几棵松柏清晰可见，一切如在混沌之中，仿佛在天上，在浩瀚空无的宇宙……沿途，杜鹃树无数，已然孕育花苞，清明前，怕是要开起来了。倘若初春来，满山红杜鹃开遍，会不会美得令人大哭不止？

在岳西待得久了，仿佛这里成了我的童年钓游之地，一切那么熟稔，彷如旧梦重温。黄昏，自明堂山山巅的白云里下至山脚，去一户山里人家，尚未及饭点，兴兴头钻入厨房，一边与大姐絮话，一边坐到粉白高耸的大灶前，帮她续一根松木柴火。一会儿工夫，米饭煮熟了，各样菜炒好了，豆腐滚了又滚……大姐又去忙于别处，我独自坐在灶前，久久不能起身，静静望着灶洞里明火渐次熄灭，余灰重新发出栗炭一样的光芒，恍惚间，童年重来——丢一只山芋于灶洞余烬里，不及半小时，煨熟了，掏出来，弹拂灰尘，撕去焦黄的皮，吃下去，又香又烫……

众人酒过三巡，忽然想起什么，拿一只空碗去灶房，舀一碗锅巴汤，捧着这碗飘拂着稻米焦香的米汤，像捧着我的整个童年，小心翼翼穿过嘈杂人群，来到桌前，把它静静喝下去，无上满足。

门前晾有许多松木，浓郁的松香沁人心脾——直想坐下来，劈柴。四野群山静穆，天一点点黑下来，冬至的寒风吹了又吹——深山间，暗夜群星下，真想认真勤恳地劈一夜柴。做这些琐琐屑屑人间事，一介五浊之躯，想必会慢慢放空的吧，一颗心得到安宁。

三

除了司空山，值得称道的便是冶溪镇。

小镇四面群山环绕，绕出来一座座平坦的古村落。一条窄溪终年不竭，溪中枯石如黑炭，溪上石桥一座，始建于南宋，历千年不朽，姿容犹在。

立于溪水碎石间，远看石桥，颇似薄宣上氤氲出的一弯浅月，古朴、端严、清简，对了，可不就是牧溪、龚半千们的画嘛。南宋时期的绘画、建筑是一脉的，无一例外的简淡枯瘦，到达了艺术巅峰；待近了看这桥，不过是几十块麻石青砖垒成。一千年，十个世纪，风雨如晦里，来来回回走过整整十代人，这一座寒瘦的拱桥，依然坚如磐石。

桥畔一棵枫杨，桥下一株枸骨，都是"寒来千树薄，秋尽一身轻"的寡淡装扮。唯独的不同，原本灌木属的枸骨竟独自长成一棵树的模样，红艳艳的籽实坠满枝头，整个树冠一齐歪向溪水之上……立于桥头，随便给这株枸骨拍一张相片,便是一幅静物画——老玉一样的溪水,映衬了满树绯红的枸骨,微微荡漾着的,值得仔细揣摩的,分明可以写日本俳句了啊,不免松尾芭蕉附体,想出一句:寒风吹彻,溪上枸骨红。

除了这株枸骨,冶溪镇古树无数,其中,数两棵苦槠为最,与石桥一样的年岁,立于茶园农田之中。众人纷纷然前往。远畴田畈间,冬小麦已然破土,茶花开得洁净细淡,萝卜青菜如众生低首,一齐默默生长着。实在忍不住,走一截路,拔一棵萝卜;再走一截路,又拔一棵萝卜。冬雨霏霏中,一边低头赶路,一边啃食萝卜,咔嚓有声,犹如天地轰响。走到两棵苦槠树前——面对大树美荫,人瞬间变得渺小,仿佛置身荒芜,集体止语。人的一生,不过短短百年,怎敌得过树之深刻广袤?

想想这两棵苦槠树,也曾与辛弃疾同一时代,不免心襟摇曳。

正值冬至日,微雨中,去响肠镇探访法云寺,一座千年古塔——千佛塔。

塔前,伫立久之,仰望塔身青砖上雕刻着的佛像。冷雨越来越密了,站在池畔,不舍离去,它犹如一个简淡的传奇,静静矗立在广大荒芜的僻野乡间。法云寺地处山洼,门前两口池塘,门后一块巨石,三两乌桕,红叶落尽,一派荒疏萧瑟，寒风一直吹着……此行三十余人，大多人至中年，我们的生命，似也到达萧瑟寒冬，越活越往里收了，甚至不愿多说一句话，只默默把这古塔，看了又看。

记忆里每一冬至日，似都下雨。倘若在我的故乡枞阳，这天一定要去亲人坟前。枞阳与岳西同属安庆地区，人文上原本一脉。可是，走完这一趟岳西之旅，忽生自卑——为什么在枞阳，无处可寻一个古塔、一座古桥？还是岳西将这点文脉留住了。

除了古寺，响肠镇上还有一座方家宗祠，粉墙黛瓦的徽派建筑，保存完好，那一份斑驳与陈旧里，私藏着一份幽古的气质。有人借来钥匙，雕花镂金的大门被打开，吱呀一声，可望对面房顶鱼鳞瓦上的白霜——霜在广大乡村，最爱落脚之处，除了稻草，就是鱼鳞瓦。霜，夜里落在鱼鳞瓦上，等你早晨起来看，别有一份萧然意远的古意。皖南地区的徽派建筑自成一格，木质串方的屋子，一进一进又一进，客厅、厢房、戏台各居其位，如众燕低飞，错落有致；高耸的马头墙，逼仄的门扶，雕花的木柱、石墩，各得其所，经年而不朽……尤其那一方小小天井，仿佛给整幢屋子开了一个诗意的天眼，那些房屋仿佛流动着的，简直可以飞起来，灵性四溢——上面是四方的天，下面是青石铺就的地，垫高部分蹲石桌一座，围两把石椅，低洼处放盆栽，最好是一株终年常绿的小叶栀子。天井是用来让人消磨时光以及静静感受生命的地方，注定是一处让人神思之天地。天井一定是哲学家发明的，这是叫人懂得时间的连续性，生命的奥义，以及一个人如何更好地自处。下雨的日子里，雨水自鱼鳞瓦的缝隙淅沥而下，由点到线，上下皆白，天地万物都静止。

听雨水在青石板上啪嗒有声，栀子树更绿了。时间如流水，循环往复，无有始终，作为个体的生命，当坐在小小天井里，可有觉知到自古以来的空漠荒芜？

黄昏，站在新浒村，天上灰云密布，群山幽暗，眼看欲雨，一颗心急躁，也惆怅，忽然，飘过来一溜儿白云，于山腰间徜徉。白云的那种逸态，瞬间可以把人打动，惹你一直看它，入定一般，云朵流动的姿势，像极帕尔曼的小提琴，拉出的是圣桑的《天鹅》，让原本惆怅的心一霎时放飞起来，重新变得古灵精怪，好像又快乐起来了，就这么一路飘飘拂拂的，到了下一站。

岳西的群山养人，白云更加养人。岳西人活在天上。

四

自岳西回来，病了几日。人的身体一旦被疾患控制，精神上陡然地空洞起来，不再浮躁焦虑，无所事事中，瘫在沙发上，对着陈列于书柜的一只葫芦瓢，仔仔细细看。

　　人只有静下来，才能看出葫芦瓢的美——它美得孑然一身，美得空无一物。这只葫芦瓢泛出古铜色幽光，静静依靠于一排书脊边缘，犹如一个禅修之身。

　　是在溪河村一位老人灶台上发现的，乍见，心生喜悦，立即买下。老人嫌旧，说，不好。话音未落，便去杂物间拿出一只新葫芦给我。实则，我要的就是这份旧色，已被她舀水舀出了包浆。陪同的当地朋友言，岳西人形容自己性格直爽，一般会这么自我剖白：我就是这样的人，一个葫芦两个瓢。

　　老人庭院内一株枇杷，无数小花，洁白细淡，将鼻子凑过去闻嗅——非常惊诧，枇杷花有香气。我们小区里几十株枇杷树，年年开花，却未曾捕捉过它们的香气。大约是城市浊气太盛之故，将枇杷花熏得香不起来了。

　　最后一日，众人上山，前往瀑布景区，至半途，胃疼得哆嗦，实在走不动，去路边小杂货店屋檐下歇息。守店的年轻人刚刚开门营业。他说，你坐一下，我烧水泡杯茶给你。

　　我推辞，胃疼不能喝茶，他默默将抓进杯中的茶叶倒掉。

　　手里捂着一杯白开水，依然冷，去店内避寒。年轻人忙着将山货一样样往外搬，一边抽空在店里东找西找，终于找出一只矮凳给我。凳上绑了一层厚棉布，坐上去，暖和多了。我们正絮着话，客居武汉的新疆籍作家张好好又跑回来，进了店，年轻人一样对她好，拿锅巴、红薯干给她品尝。

张好好问：你为什么对人这么好呢？

他笑：我对所有人都好啊。

张好好悄悄夸他生得眉清目秀，大抵得益于岳西甘冽的山泉水滋养之故。

《诗经》里有：投之与桃，报之以李。临走，见他生意寥落，特地买了一斤"岳西翠兰"茶叶，就为他递来的绑着厚棉布凳子的情义。张好好买了他家的一块茯苓熏的腊肉。

回到合肥，与张好好分别，匆忙去赶高铁的她，退下腕上玉镯，直往我手上套，怎么用力往下抹，也还戴不上，又拿出护手霜使命往我手背上挤，说是润滑润滑便可以了，南宁的张凯老师也在一旁怂恿：再使点劲，就戴上了……

我不识玉，但那个镯子肯定贵得很。就说，你看，我跟它没缘分，还是你戴妥当……

这世间情义，犹如开杂货店的年轻人矮凳上绑着的那块厚棉布，微火一样，在心尖上燃烧着，永远不灭。

五

一日，在书柜重新找到比尔·波特《禅的行囊》一书，翻至"无相"一章，凭直觉推测，写的一定是司空山。果然。

比尔·波特当年访问方丈，不遇，后接受女尼建议，前去法云寺寻找。当年读过的这些情节忘得干净。今日重读，深感人生如此神奇——同样的寒冬，我们也是先去了司空山，后去的法云寺。

戊戌年冬天，我与一位汉学家走了同样的路。

诸暨笔记

一

去小城诸暨，途经杭州，兴之所至，或许暂且停留一夜？

近年，得于机缘，在西湖徘徊复徘徊，心里装的是夏圭、马远们以及整个南宋史，一去不返的临安时代，繁华的，雅炼的，庄严的时代，西湖山水是唯一的见证者。

累了，拐至灵隐寺，坐在高耸的石阶上，与青砖缝的青苔对视，那样的苔绿如一面镜子，可以一直映照至心里面去。灰褂乌鞋的扫地僧，低头捡拾落花枯叶，青葱一样的年纪，有一些些安宁在他的身旁掠过，月光一样吹拂……久久望着他的背影，渐行渐远渐无声，温柔敦厚一书生。或许，正是陶潜笔下的夕光佳日，钟声隐隐的余韵里，一颗心倏忽得到了安顿。

人最难对付的，不就是一颗躁郁的心吗？

二

游罢西湖，再去诸暨，车过钱塘江，总要想起傅雷翻译《约翰·克里斯朵夫》的开头，神启一般的句子：江声浩荡……傅雷笔下的江，并非法国的塞纳河，一定是中国的钱塘江。对于浙江的几条江河，有着奇异的向往之情，富春江、楠溪江，以及即将抵达的浦阳江……

说不清为何——江流浩荡，一直这么流过来的，百千年往矣，滔滔江声里深埋一个个时代的兴衰哀叹。关于江河，是可以有一首首长诗的。

沿途，眼界里都是青山绿水，白鹭翩然，似乎行走在爱德华·霍珀的画里。霍珀绘画的精神内核，总是围绕人如何孤独自处这一母题。人与山水同在，精神上有了依傍，不再是孤儿心境，反而走向了开阔。

孤独正是通往开阔的必经之路。

这么着，会稽山隐隐而现了，小城诸暨也到了。

多年前，出差嘉兴，车过诸暨，惊鸿一瞥间，两山合抱一城，至今犹记。

还是多年前，小说家海飞蛰居诸暨图书馆，常常寄一本内刊小册子来，取名《越读》。这座有着六七千年历史的古越小城的气质，或可体现在这本小册子里。

图书馆职员海飞早已移居杭州，成了著名小说家兼著名编剧海飞。这本《越读》，依然常年不绝地按时寄到我的手上——海飞的前同事们，可真是长情啊。这本小册子的装帧多年未变，封面上永远两个欧体字，时间的线条未曾扯断，如珍珠滚滚落落，一路走，一路溪流潺潺，是落纱成珠的回声——因为这本杂志，我对诸暨，比别人多添了额外的感情，分明有故人重逢的恍恍然。

用罢晚餐，与好友沙爽外出散步，已然七点，天上飘着玫瑰色云团，犹见碧蓝的底子，月挂中天，地上没有一丝风，南方独特的梅雨气候，黏稠而缠绵……这些不适，也不碍事的，天上的云让人看了又看，不知说什么好。

小城静极，树叶子，绿就是绿的；花，红就是红的，干净无尘。李白来过，杜甫来过，无数骚人雅士停驻过这里。

诸暨，应是诸侯驾到之意。乍见"诸侯"二字，春秋战国的风云一霎时奋勇而来，连同《世说新语》也一齐活过来了。这样的诸暨，也是杨维桢的诸暨，陈老莲的诸暨，王冕的诸暨……

皖人吴敬梓写《儒林外史》，运用《国风》笔法，开端以王冕起兴，铺陈小品文似的曲笔，然后笔锋一荡，众生蚂蚱一样自一根银丝线上次第串起，简直铁画银钩。

吴敬梓一定来过诸暨。

三

翌日，在诸暨博物馆，遇见陈老莲。在他的一幅行路图前流连不舍。主仆二人正在赶路，仆人身材魁伟，左手执杖，右手一只箩筐，筐里窝着老白鹅一只。这鹅身躯肥硕，被囚禁于如此狭窄的地盘可难受吧，但它可是自带仙气的，依旧随遇而安的一副闲适派头——黄冠高耸，曲颈而望，非常的有态。主人胖得很，无非吃五石散养生，好出汗，长衫飘飘拂拂，恍兮惚兮。仆人紧随其后，一只老鹅七八斤，拎久了，搁谁也累啊，山长水远地步行，不是一时两时就能走到的，可是他没有办法呀，走着走着，就气得翻白眼了，到底有什么法子呢？一路气鼓鼓地。鹅不用走路，倒也沉静——就是这份沉静自适更加刺激了仆人的怨怼之气吧。

这种愤青心境，谁年轻时没有过？一直追随，无以遣怀，直至在酒店的某顿晚餐上，酒过三巡，当来自宁夏的作家唱起《花儿》：

黄河的水早已枯干
你TM的还造什么铁桥
姑娘早已变了心
你TM的还谈什么恋爱……

无比惊艳的唱腔，比摇滚还要酣畅淋漓。宁夏放羊的孩子都会唱《花儿》，《花儿》也成全了王洛宾。那样的直抒胸臆，是可以把半生淤积的怨怼悉数排遣出去的。太喜欢了。

接着说陈老莲这只鹅，也不知前去访友，还是放生。据嘉兴诗人邹汉明讲，这个山阴人陈老莲是个地道的吃货。那就是访友了，为着烹鹅吃酒去的。

一直以为，画鹅，没有人比得过宋徽宗赵佶，却原来，陈老莲的技艺比赵佶的更加精湛——所有种类的艺术，最终的归宿并非抵达，而是无限靠近。陈老莲的"无限"比赵佶的"无限"更加广阔浩渺，也更接近事物的本质。鹅冠橙黄，隔了几百年岁月，依然簇新鲜妍，像刚剥开一个大橘子，药香袅娜。鹅这个东西啊，既仙且傻，可婢，可妾，也真是一言难尽的。

博物馆陈列柜里还静静躺着一本《水浒叶子》。它让我趴在玻璃柜上垂涎欲滴，瞬间起了贪婪之心，心一横，不要脸一次，悄悄顺走算了。册页封面秋风一般薄脆，四角微耸，是不能翻动的了。它会一直留在那里，等着陈老莲的知音们前来共鸣。

陈老莲在我以往的认知里，一直是端肃萧瑟的形象，无论他的梅花系列，抑或荷花系列，均是一派枯叶相，完全消失了鲜润的欢欣，就连寒梅，把给折了，插在罐子里，

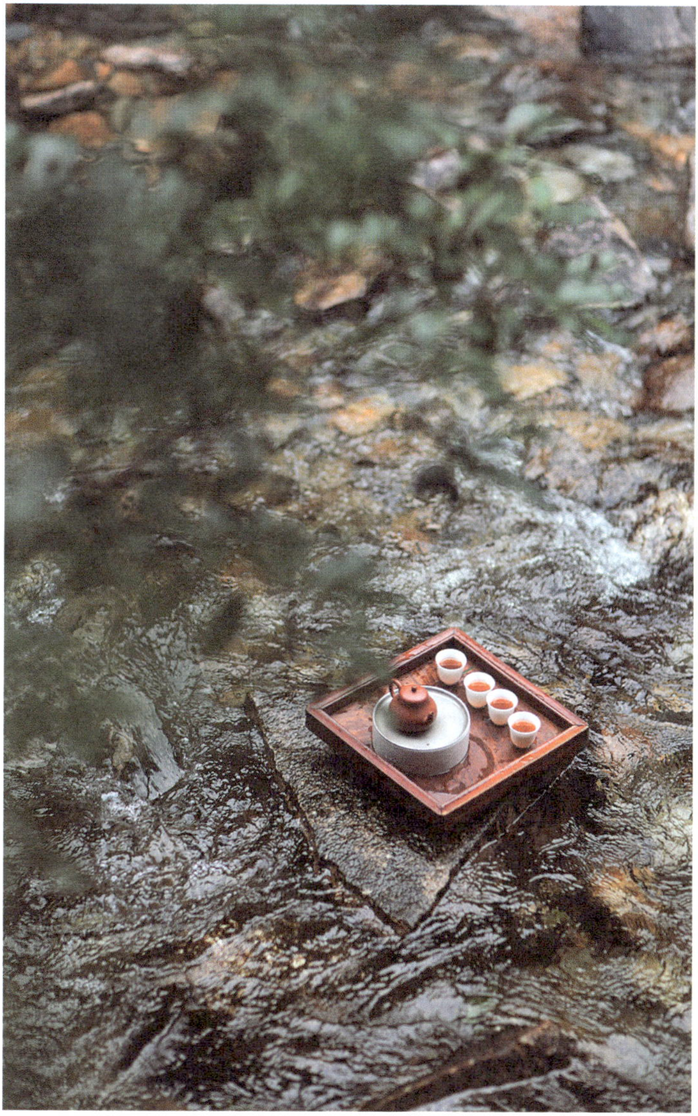

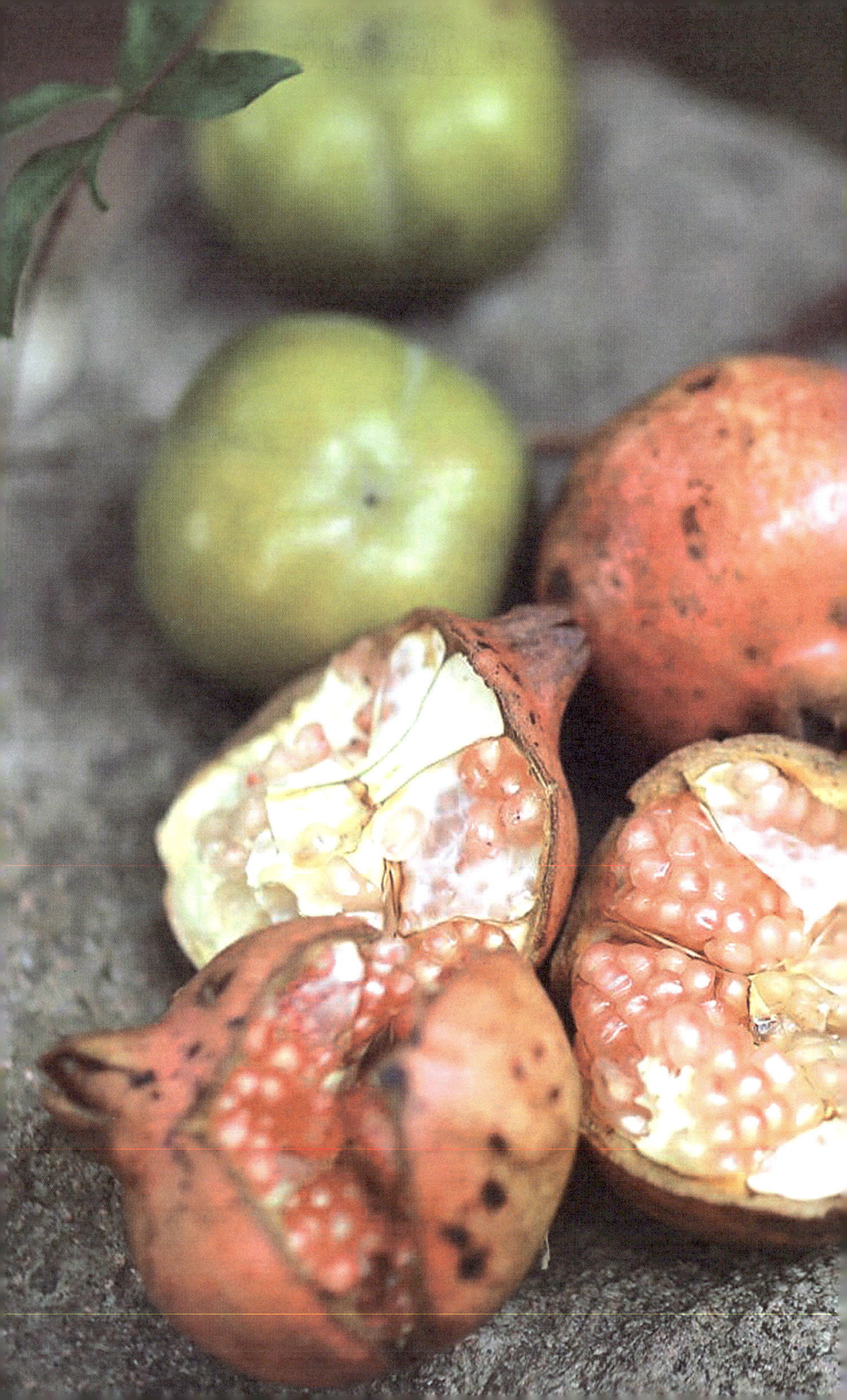

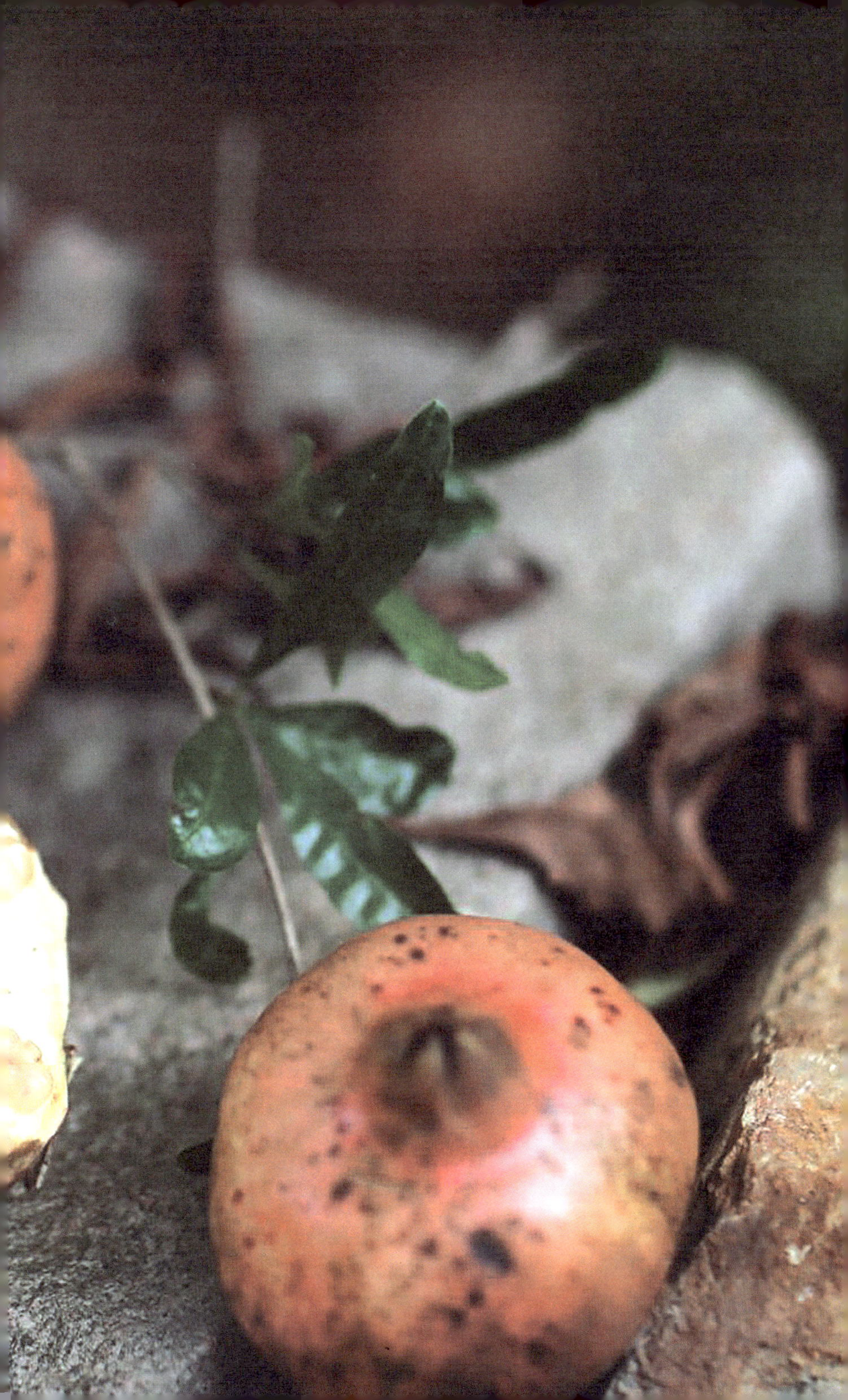

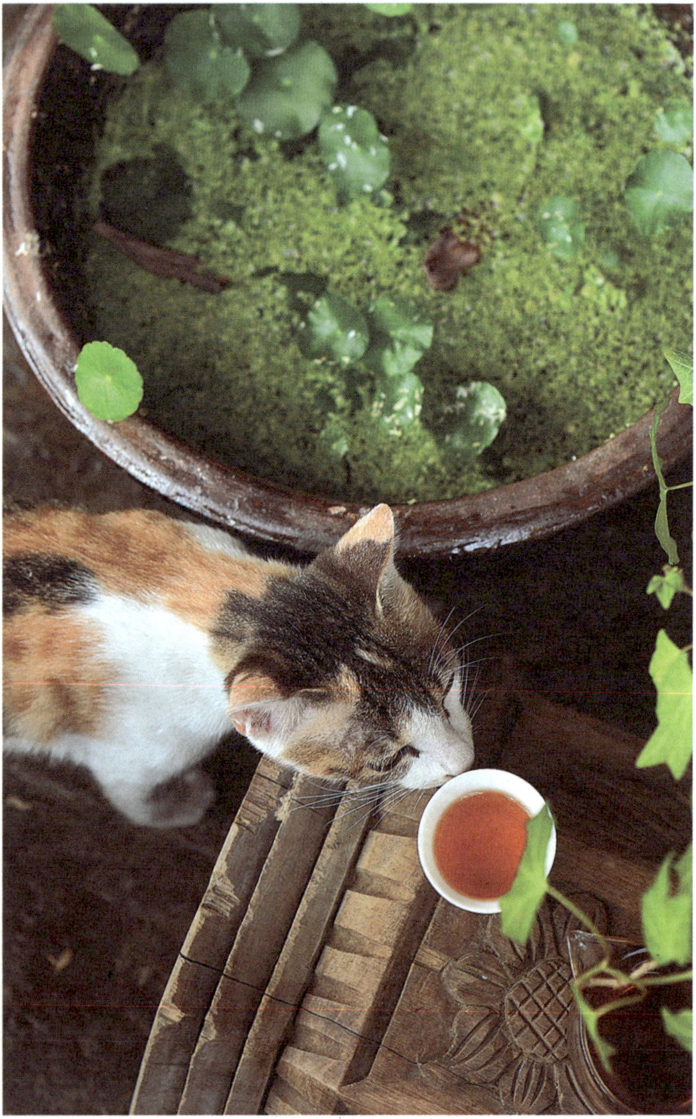

也要拿到怪石嶙岣上搁着，两个男人坐在矮凳上，临幽香而互赏，是绝了人间烟火的孤傲峭崛，可是到了这幅行路携鹅图，忽然有了一口热气，活明白了。说来说去，还是人间烟火最能留得住人，再进一步，到了《水浒叶子》，又有了满腹的佻达与天真——艺术的核心就是天真和爱。这就是陈老莲的萧瑟与微温。

诸暨博物馆依山而建，庭院式结构，灰旧旧的，每一步，都是光阴与岁月的痕迹，颇有汉唐遗风。某座小院，临水七八株大叶栀子，可惜所有的花都谢了，仿佛黑色的亡魂坠于枝头……套用宝玉的话：林妹妹，我来晚了。

看栀子花，要在端午前来正正好。

四

我们的最后一站，紫阆村。这么说，颇为悲凉，好比张清芳唱白先勇《金大班的最后一夜》主题曲那么伤感：我哭倒在露石台阶……

回到合肥，心情久久不能平息。这个遗世而独立的村子，分明成了古中国的守灵人，四周翠竹修篁，溪流臻臻，旁接春长古道。我隐隐觉得，这条古道，一定是与徽杭古道链接着的，就像是来到了我们的徽州。整个村子的三分之二都是保存完好的明清徽派建筑。站在那里欣赏门上的一幅幅微雕，村支书悄悄走过来，在一旁以好听的浙普指点：你仔细看，这上面有诗，多精细呵。可不是吗？微雕的画面无比精准地诠释了每一行七律，佳偶天成，太美了，美得惊心，最后，唯有哀叹。

燕子在雕梁画栋间穿行，我的童年复活了。乳燕张开嗷嗷黄口，焦急地等着爸妈衔虫归来。我坐在石阶上向房梁张望，四五对燕巢，半月型，米白泥巴混合着杂草，倚滚圆的梁柱而成。近三十年未见燕巢了，怎么也看不够。燕子是世间最美的鸟类，它们飞翔的姿势里都有着调皮的天真，忽上忽下，剪水而行，是风中的精灵，也是雨中的诗魂。如小时候，蹲在地上观瞻蚂蚁搬家，一看数小时，也不厌倦——童年的光阴徐徐缓缓。那一刻，屋外溪流淙淙，白壁黛瓦间，处处都见"耕读传家"的黑体字，这就是古老的中国，"四书五经"里的中国，我爱的缓慢的潮湿的深刻的鸡鸣驴吠的中国。

隐居富春江边的黄公望，也来过紫阆，他是来看望好朋友杨维桢的，同样被此间山水触动，居了下来，留下了系列"溪山图卷"。黄公望在这里，跟我们一样也是整日浪荡，某一天，饿得两眼昏花，可能低血糖吧，村人良善，拿了些糕点给他充饥。再然后，来的名人多了，唐伯虎、祝枝山、文徵明们都来过,慢慢地,出于粉丝的敬仰心境,连黄公望吃过的普通糕点也有了笔名——黄公糕。

一批吃货,慌忙打听哪里可吃到。村支书讲,现在温度高,做不了。你们秋天来就有了咧。秋天来,这仨字儿,用诸暨话说出,直抵越剧念白的韵味。

斜阳西下,众鸟归林,我站在绵延的稻秧前,如果此刻今生就在此时,可以听一听越剧,该是生命里多么舒豁的事啊。一曲而罢,天上的星群都为之倾倒。

村里唯有老人与狗,丝毫不荒凉,也不寂寞。人与这些古建筑相伴,便也不孤单了。穿堂风一阵一阵地来。古人智慧超群,通过建筑的归置摆放,可令原本停滞的空气快速流动起来,从而有了沁凉的风。风的流动中,有宇宙的真理,也有星空的秩序。

世间的一切都是缓慢的,唯有稻秧在六月的艳阳下急速生长。

车窗外,一位少妇怀抱一个浑身精赤的婴孩,正穿行于浓绿的芋艿地。

芋艿是最入画的植物。这幅人间抱婴图,实在太美,叫人不禁想起胡兰成的句子——天地都是这样的贞亲。

胡兰成也来过此地,他是嵊县人,距诸暨近得很,串亲戚串过来的。胡兰成笔下的什么田畈远畴啊,三月桃花啊,人生天地啊，等等慨叹，均一一落到实处。也就是说，我若是自小在这样的山水间熏陶，也可写得出他那样的《今生今世》。山水一直滋养着人类充沛不绝的灵气，并非虚妄的名声。

或许，将我留在紫阆，与稻禾青山浅溪共处，不出半年时辰，也会写出一部《池上日记》，比蒋勋的还要四季分明绚烂多姿呢。

日日都是良辰啊，稻秧一日日长得高了，抽穗了，扬花了；地里的茄子啊，辣椒啊，瓠子啊，黄瓜啊，可以摘来吃了；豆角四垂，拉面一样细细密密，风都钻不过去了；蓼也奇怪，早早开了花，一嘟噜一嘟噜，纯紫的花穗子，憨厚瓷实，真是大热天做梦也不晓得翻个身。蓼花的一世亦短，亦长——短不过一季，长不过千年，宋徽宗的白鹅秋蓼图至今尚挂在台北故宫博物院。

每家门前一口老井，揭开盖子，把头脸递过去映照，里面储存了一世的幽深寒凉。

有一条狗不拴绳子，见我们几个女子叽叽喳喳地来，似看不惯，吠得凶。作为人，只好止步不前，怕是有点怕的。但，迅速有了转机，狗仁慈地想：算了，城里人可怜，来一趟不易，就不为难了吧。然后它说到做到，迅速退回屋里，卧于竹椅下假寐——这与山泉清风明月星空共处着的狗啊……

余留堂的天井里有一副竹刻对联：一窗佳景王维画，四壁青山杜甫诗。小篆体，泛着幽光，望之俨然。这幅对联太有景深了，十四个汉字，穿行千年而不朽，意蕴无穷。那日三十五度高温，遍布南方梅雨季特有的湿热，但心上一直是凉凉的，叫人可以兴，可以叹，可以歌，可以诗……

诸暨隶属绍兴，两地相距半小时车程。鲁迅先生的故乡，我不曾去过。最好是秋天，去他童年的院子听听蛐蛐叫。所有的花均落了——秋霜遍野呵。秋天去绍兴，还是要走这一条路，过钱塘江，经诸暨。

回程车的路线特别诡异，经杭州，忽地拐一个弯，去到了上海，一路苏州、金陵，四个半小时后得以回到合肥，连武汉、重庆的朋友们均到家了，我才回到咫尺之隔的合肥。车停上海，惶惶然去月台张望——好歹也是鲁迅先生居过的上海。

五

浦阳江穿城而过，作为诸暨的女儿，西施曾经日日江边浣洗。因为美貌，不小心被命运之剑击中，千里迢迢走了几多辛苦路，去吴国当卧底，以历史学家审时度势的腔调概括她的一生，莫非八个字：忍辱负重，以身许国。事成，她与范蠡荡舟江上岁月静好的结局，大抵为后人所杜撰。但，西施是可以拥有幸福的。她太出名了，留在千万人心上，我也不说她了。

　　浦阳江边西施庵，一池夏荷旁，四位来自祖国各地的女作家，或坐或立，拍了几张"四美图"。勾践、范蠡、文仲这些男人们之间的权谋之事，我们不懂的，随他们去吧。

凤阳之秋

一

风晨雨夕依旧。去凤阳皇陵，忽然大雨如注，大风把人吹得歪歪斜斜，站不稳……徜徉神道，雨水渐收，那些石马石羊仿佛一匹匹活过来了。忽地又一阵长风，赶着天上灰云急急往南面奔涌。

风是秋风了，一排排白杨飒飒作响。到底是北中原的风，与《古诗十九首》里"白杨多悲风，萧萧愁煞人"的孱弱气质迥然不同。这里的白杨之风，如士兵列阵，更似万马奔腾，呼啦啦呈现一夜剿灭匈奴之势……

站在金水桥上听了很久，心里翻涌难言激动，耳畔仿佛京戏开场，锣鼓震天，盖叫天拖着一把黑胡须急步而出，立定，虎躯一震，声于人先：嗬嗬嗬，哇哈哈哈……声顶屋瓦，戏台上雕檐画栋间灰尘纷纷坠落。

北方秋风的浩瀚壮阔，似乎可以激励人的，顿时将小我哀伤悉数抛却，陷入一种开阔澄明中去……白杨叶子旗帜一样哗啦作响，让人领略到什么叫"猎猎秋风"。这种秋风是有兵气的，并非李白笔下那种"长风万里送秋雁"的徐徐之风，李白诗里的风是秋浦河一带的风，江风，南方之风。

　　北中原之风，原来是这个样子，让人激动，但词穷，无法形容。古诗词里想必有，边塞诗里一定少不了。听着风声，一个人在金水桥上来来回回，像一团焦枯的稻草忽被一根火柴嚓一下点燃，兀自燃烧，就是那种不能与人分享的暗自激越……好久好久，众人依然信步于石马石羊列阵中，慢慢地，心里那团火独自熄灭，直如一种洗礼。

　　终于追寻到那种久违的新鲜奇异。大风抚过白杨的壮阔气势，瞬间开启一颗顿悟之心。天上涛走云飞，仰头目送一批批灰云急速远走，嗓子里被灌进许多大风，冰凉透彻，直抵肺腑肝肠。

　　神道旁遍植扁柏，瘦而高，一片片针状叶，恍如书页间压了数年，翻开它们，依然药香袅袅。地上柏籽尽现，陈年的，乌黑；新落的，浅黄里杂糅青绿，捡几颗闻嗅，芬芳馥郁。

　　这被秋风抚摸过的柏叶、柏籽，一直被带在包里，跟随我坐了近四小时的车，回了家。

二

　　皇陵咫尺处东陵村，有一合作社，一位七十余岁老者成了主事人。他眼神清澈,穿着的确良灰褂子,瘦,精干,从他的谈吐里断定,是一个有格局的老人。

广阔的土地,应季应时种着若干经济作物,桃、梨、草莓、西瓜、葡萄、蔬菜等。临走,他指着眼前一片荒地,骄傲地对我讲:这块地荒了很多年了,你看,今年我把钢筋架子搭起来,可以种东西了。那一刻,我是他唯一知音——对于土地与生俱来的爱惜,将我俩顿时引为知己。荒地上长满莎草。这种草,城里人不认识的。我小时放牛,与小伙伴总是摘这种草玩,也玩不出什么高级花样。乡下的草遍布药香,非常好闻,在城里待了近三十年,依然没有忘记那种熟悉的味道。

如今的乡下,越发荒凉颓败,年轻人纷纷离开,去到城里务工,剩下大片荒地、老人以及鸡狗牛羊,越发孤独寂寞了。可是,东陵村的这位老者如此的有想法,总是闲不住,他在荒地上搭起大棚,一茬茬的,种桃种李种春风……往后办个农家乐,城里人得闲度假,来他的园子里摘桃摘李摘草莓……当你用一把小剪刀咔嚓有声剪下一串紫溜溜的葡萄,那种简单又直接的快乐,是一万只喜鹊的叫声都换不来的。人总是困于焦虑、烦闷、颓唐之中,忽然,来到乡下,走在泥地里,生命中最原始的那份喜悦不请自来,童年时光渐至复归,眼界里唯有天地自然,一批批秋风,徐徐而过,就忽然找着了本真与单纯,径直快乐起来。

来凤阳这一路，将一生中错过的芝麻地，悉数看遍。房前屋后，广袤田畴，蜿蜒小路旁，曲折逶迤的沟渠浅坡……无一处没有芝麻。初秋的风吹了又吹，把芝麻叶子吹黄，是嫩黄，顶端依旧白花烁烁，自车窗外精灵般一闪即逝——芝麻这样的庄稼，该怎么说它好呢？齐簇簇站在地里，于秋风里舞蹈，那些芝麻荚听话乖巧，排队排得整饬有序，数列一般毫不凌乱。

除了芝麻，还有绿豆、大豆、高粱、玉米。高粱穗子渐至绛红，在风里妖娆多姿。其次，就是辽阔的水稻田了，单季晚稻穗渐饱，一齐于风中垂下头，风过去，大海一样的波澜涌动，浪是绿浪，绿天绿地铺至目光不及之地。

大地上的庄稼，并非画册，而是恩物，一年年里，何以这么美？因为它们天然，去工业化的，没有人工痕迹，就这么凭空而来。宇宙星群确乎也是凭空而来的，一样的美，值得人类仰望。

三

几日间，一直风雨相伴，走哪儿，得撑一把伞，湿淋淋的，有秋气，更有暮气。暮气好，暮气沉稳。

书上言：中年伤于哀乐。及老也，闲看儿童捉柳花。

近年，总爱去寺里走走——并非拜佛，单纯欢喜那样的氛围。梵音蔼蔼，一颗心倏忽静下，不再悬着了。一次，在大理崇圣寺，众僧诵经，恍惚间，宇宙洪荒，悲风渺渺，浩浩汤汤……就哭起来，直如这世间一切都亏欠我，憋了半生，终于可以哭起来。

龙兴寺，虽不复六百年前模样，但，格局依旧。大师父介绍，明朝时，这寺庙方圆多大呢，有一句诗：小童骑马关山门……

这七个字，值得想象。如今逼仄些，但依然有景深。虽有伞，也枉然，裙角全被倾泻的雨点扫湿，瑟瑟发抖，冒雨往寺里纵深处探寻。过大悲亭，案上青烟袅袅，花果雍容……豪雨如注，无法久留。大悲亭濒临的庭院有一棵山楂树，青色小果实缀满枝头，惹人怜爱。第一次见山楂果子，原来这等模样。继续往后殿走，高高的石阶旁，生着两棵板栗树，高矮粗细，各半，一颗颗栗上的芒刺，在雨中愈发尖锐；秋柿黄了，巨大的叶子几乎落光，此情此景，仿佛老戏里唱词：呼啦啦一阵秋风，唯剩哀家一人……特别寥落悲辛的样子。再远处，有一棵高大的栾树，粉红的蒴果被风吹落一地。

雨势渐缓，懵懂中，有塔铃声声，仿佛从遥远的地方来，隐隐约约。扛着一把巨伞，四处追寻，转着圈仰头望，天上云来云往，赶着去天边朝圣，耳畔依旧塔铃隐隐……

终于找着了铃声发源地——高耸入云的塔上，每一层廊檐处皆坠有铃铛。秋风过去，众音合唱，如从天边来。勃拉姆斯有一首交响乐里，也有类似音符，渺渺茫茫，横无际涯，如置身高山莽原，与世隔绝，一派雪意。这样的乐音可以使一颗心刹那荒芜寂灭，无所往，无所终。宇宙之音，大抵如此。

　　秋风与塔铃合谋，一样奏出宇宙之音。在空旷的庭院，扛着伞侧耳倾听这自然的交响，低处的庙社楼宇被雨水洗得澄亮，松花黄的琉璃瓦若有光。佛语里有一个词叫"宝相庄严"，正是此刻此时我所感受到的。身陷塔铃声中，几乎泪下。不怪别人讥讽写文章的人——大多是神经病，疯癫无常，矫情无常。

　　塔铃何等悦耳，哭为何来？

　　好冷啊，慌忙退下，四处寻觅同伙。曲里拐弯处，有平房一排，众人或坐或立，同饮茶。

　　我捧起一杯，咕噜咕噜下肚，身体顿时暖和过来，顺便瞻仰墙上字画以及合影，一众名流政要……大伙七七八八，讨论谁的字好，谁的字尚欠火候……起落间，方丈拿出一幅珍藏起来的匾额，上书"知恩报恩"四字，赵朴初先生的，实乃不同。

　　茶毕，静坐椅上，痴望门外雨帘潺潺，心下落定——这世间永恒的，唯有艺术。一切的繁华雍容终将朽亡，唯有艺术亘古不变，与一代代人同声共气……

这就可以了嘛，还有什么不可以满足的？

禅房前一株滴水观音，三两叶子，绿得发亮，壮硕的雨点垂落于巨大叶片上，叮咚叮咚；叶上水珠滚至石板上，滴答滴答……好比一个暗自传授，另一个默然承担。简直神启，叫人无以言。

众人纷纷撑伞，与方丈挥别，复一齐隐于雨中。

雨点在庭院，在青砖上，汇成溪流，潺潺缓缓，耳畔似有塔铃追随，一路目送，直至把我们送至门外。冗长的石板小径上，频频回首，反反复复打量这雨中龙兴寺，似乎酒兴未浓，谈兴正酣，忽然离去，颇恋恋然……门口几棵高大枫杨树，皂荚一样的果实落满一地，踩上去，有咕叽咕叽的回音。

四

一路雨水泥泞。车行旷野，极目处雾茫茫一片，什么也看不见，如在无边的大海颠簸。大雨下到极致，天地皆白，神物一样的庄稼，顷刻隐遁而去，一起回到天庭，留下大雨中的人类，好生孤单。

大雨，白日下，夜间依然下，总是睡不踏实，爬起来看书，将汪曾祺的新写聊斋系列读完五六篇，方才浅睡而去。

梦里雨水滴答，一夜天明。凌晨，风似更猛，分明敲窗：怎么还不醒？怎么还不醒？

早已醒了——中年伤于哀乐，怎能睡得深？躺在床上将《诗经·郑风·风雨》背诵一遍：

风雨凄凄，鸡鸣喈喈，既见君子。云胡不夷？
风雨潇潇，鸡鸣胶胶。既见君子，云胡不瘳？
风雨如晦，鸡鸣不已。既见君子，云胡不喜？

那一刻，通灵般，将这首诗忽然懂得了。天性愚钝，领悟一首古诗的好，需二十余年。人活着，仿佛简单得很——莫非吃饭、睡觉，读书、行路，然后深刻懂得？生命本应如此单纯天真。来了复杂的事情，你也不具备那个广深的道场接住啊——还是简单好。

纵然被风雨所扰，一夜未睡瓷实，但到底，也懂了一首古诗的好。

小岗村干部学院食堂师傅做的馒头，好吃，有麦香，连吃两只，喝一碗豆粥，就几口咸瓜毛豆米，非常之好。

走到哪儿，但凡有碗粥喝，有一撮小咸菜搭搭嘴，便也满足。

疾风骤雨中，众人端伞如端枪，抵御围拢而来的风暴，行于葳蕤的稻秧之中,身心为之喜悦,童年复活了。小时,我们的稻田里有浮萍、蚂蚱、青蛙,如今的稻田,则大大不同,蛰伏着无数小龙虾、螃蟹,且游荡着一群鸭子——那么多的鸭子啊,平素过寂寞简淡日子惯了的,最多也就遇见一两位农学院教授以及村支书,忽然风雨大作中,冒出一群城里人,众鸭们慌得直窜,呼啦啦马蜂一样自这头挤到那头……众人望之,轰然大笑。

真想把伞丢掉,去扑鸭子们玩。小时每见一群鹅颠颠迎面来,立马丢掉扁担水桶,扑上去,戏弄它们……可是,这么多年于城里养成的矜持,适时拦住了我,终归不敢放肆。城市文明禁锢人的天性,渐渐地,我们乡下人的天然之气逐渐被异化了,比如笑不露齿啊,不可狂笑啊,要懂礼数啊,告别时要握手说再见啊,等等装模作样的事情,罄竹难书……

鸭子没扑成,体内的快乐没法释放出来,风雨里,颇感空虚寂寞。

五

凤阳博物馆里藏有许多宝贝——作为时间的见证者,它们无一例外沉默着,沉默即永恒。馆内天井里堆放着许多残损的石雕,其中一件佛像,自颈部断了,面部柔和恬淡,被经年的风雨侵蚀，遍布青苔，却依然如此雍容安宁，仿佛酷夏烈日尽头的溪水凉荫。佛像嘴角掠过似有若无的笑意，如风微荡，通灵一般浮现。隔着栅栏，看了又看，爱惜不已，酷似北魏风格。

决定看看明史，一个曾经存在了近三百年的朝代，到底是什么样子的。人读史，才会摈弃浅薄，多点智识，一点点厚重起来。

黄昏，与同事站在凤阳谯楼，西天的乌云接住了落日——江山如梦。

同事说：一到黄昏就想家。这原本人世常情，《诗经》里隐藏着多少羊牛下山日暮思归的好句子。

忽然有些饿了，久久望着鼓楼下临街铺子，一个女子在卖馍。趴在垛口，看她熟练切馍、称馍……回想六百余年前，人间也是此番景象，天还是那个天，云也是那个云，落日也还是那个"故人情"的落日……就忽然感动起来。这人间晨风暮雨的，琐琐碎碎的，莫不是为了一口馒头。只要有一口热气在，我们都愿意活着。

当下中国，早已不闻暮鼓晨钟。六百年前，也是这样的落日，谯楼上的鼓音，一声追着一声，人们抬首赶路，低头吃饭，各自活在各自的日子里。莽莽苍苍的鼓声敲起来，余音袅袅，隆隆轰轰，富于仪式感，人世何等庄严。

转眼，一切消逝不见，唯有目前这座高大谯楼独自为遥远的古中国守灵。

　　下得楼来，天完全黑透，人们在谯楼旁广场上跳舞，狗坐在边上默默地看，婴儿躺在童车里吮着肥胖的手指头，专注而天真。街道两旁许多古旧房子，沧桑遍布，凌乱的缓慢的陈旧的暗哑的北方小城……无从考证朱元璋当年为何叫停眼前这已经建了三年的凤阳陪都？我则倾向于他"怯于民怨"的猜测。

　　谯楼上，他的字尚在，虽无帝王霸气，但也写得拙朴，仔细端详，还能见出一丝丝胆怯与不自信。这种不自信，也是一种敬畏吧。

　　什么叫"万世根本"？万世根本不就是人吗？我们这个有着悠久历史的国家，一路跌跌撞撞而来，几多腥风血雨，几番坎坷艰辛……

　　若是把天下百姓放在第一位就好了，所谓揽春光而不灭，风风雨雨，事事物物，前路漫漫，且行且惜吧。

普洱纪行

一

去云南,每一次,都是初次。

西南的天地真是神奇,如置身不同时空,是小我于茫茫宇宙间被置换至另一星球——天空充满了魔性,永远是汝窑的淡青,白云伸手可捉。

站在高原,眼界一下开了阔了,整个身心飞驰起来。

驱车于巍峨的群山间,无量山脉、哀牢山脉绵延千里,晨岚暮霭,娓娓脉脉,滔滔泛泛,有前世今生俱在的虚幻。松竹苍翠迎人,恍如梦境。整个旅途,让俗念顿消,虚心求静里,我仿佛成了晚年的王维,"小我"渐与山水自然合体,去往每一地,都可领略"明月松间照,清泉石上流"的清寂,眼界里只有日月星辰天地万物。体内生物钟被一只无形的手拨慢下来,焦灼感顿失,只晓得默默地望天,望云,不停地叹气……

为什么人一回到城市,则显得焦虑急躁烦闷,是生活节奏过快导致的吗?为什么一颗心不得安宁?而去往僻远之地，精神上的病症不治而愈，快乐宁静不请自来。

在墨江县哈尼族群居的克曼村，我坐在一角，手托一片芭蕉叶，叶上一团紫米饭。望着近旁白练般浮云，我争取把每一粒米饭都嚼碎才咽下去，嚼着嚼着，一颗芜杂不定的心慢慢伏贴。一群哈尼人在跳舞，牛皮鼓嘈嘈隆隆如轰雷，映衬至心间，反倒宁寂。

嘴里含一口饭，望云望久了，忽地眼热，如放逐荒野，与孤独为伴，那一刻，生命真的很空很空……人生原本如此，就应该这么简单平常地坐在白云下，静静吃饭。犹记2008年，在广西僻野的一个山寨，一群侗族人站在夕暮里唱大歌，天籁一般的歌声让我热泪盈眶……

难知哭为何来？一种久已失传的纯粹与趋真精神重又回来，把心弦拨动。

二

日月都是慢的，哈尼人仿佛一直生活在古老的《诗经》年代，他们的民歌，抑或史诗《阿基与密扎》，一律那么雅气、纯真，多以飞鸟、动植物起兴，字字句句，单纯明净。我一边吃饭，一边读史诗，不禁哑然失笑。简洁明了的话，好耍，天真，犹如一个人彻底去掉了矫饰，置身于飘雪的天空下，上下一色，浑然一派。去任何一地，从不记录，只带一双眼睛一颗心，可这一次，情难自禁把笔掏出来，将那些诗性文字一粒一粒搬到小本上。

天空的飞鸟呵
咋个传后代
孵蛋抱窝传后代
小儿就飞出来

地上的树木
地上所活的树木
是怎么活的
种子靠风传播
小树就活起来

心静下来，方意会一二。到底表达什么了呢？我实在不能告诉你。

有一章节，讲给小娃娃洗澡的事：给小娃娃洗澡，要用不冷不热的水。哪个地边有三棵棕树，三棵棕树出三滴水，三滴水不够洗娃娃……然后呢，哪个地方又有什么树……一点点地以草木起兴，一层一层递进着，细慢地抒情。

一部史诗，可以装得下所有的天真纯洁。

大叔是村里仅存的几位会哈尼语的人之一。他的脸庞黝黑，眼神明亮，颇显害羞。我说：你唱一段吧。他清清嗓子，绵绵依依诵吟起来……简直繁花弥天。

相较之傣族、佤族人的热烈奔放，哈尼族、拉祜族特别内敛，他们羞于口头表达，总是将情感寄予史诗、民歌、舞蹈里。这里的民歌，诗经体一样，一路走，一路跟着我们绵延不息。深厚的文化底蕴一直流淌着，未曾断流。

一个深厚的人，又恰恰是内敛的，害羞的，这一点特别令人着迷。害羞，是一种稀有的品质，并非泥足于深渊般的自卑，而是一种与生俱来的谦卑、虚怀。这也是我们要向他们学习的地方，学习他们的天真、纯粹、自然以及害羞。

所谓的城市文明，将一个人原本具备的自然纯真的天性日渐异化，渐渐形成一种功利主义的价值观，一味崇尚金钱与成功。城市里的主流无非喜欢这样评价一个人：他情商非常高，如此这么的，所以特别成功。所谓的情商高，不就是指该人擅于左右逢源、工于心计吗？"成功"到底是一个什么样的标准？倘若成功代表的是一种功利主义的文化，我宁愿把自己定位成一个生活的失败者，充满尊严地做一个情商低的自然人，惯于反省，陷于自卑。

一部史诗尚未读至三分之一，暮色西沉，不得不离开。

当地香蕉特别甜,临走,带上两根准备路上解渴吃,可是,那名哈尼姑娘非要将一串都要给我捎上——从她眼睛里,我确乎看出了一颗真心,并非城里人驾轻就熟的虚枉客套,她是那么真,那么赤诚,简直把一颗心捧给你了。

一个致力于书写的人,是不是也该把一颗心捧出来?不粉饰,不虚妄。唯有真挚,方可动人,这叫情真无敌,也是另一种趋真态度。

三

在景谷傣族彝族自治县的迁糯村,我们坐在矮凳上,同样慢慢吃着糯米饭,吃着吃着,一颗心兀自静下来。

迁糯佛寺因地处偏远,免于"文革"浩劫,灰墙黛瓦依然,遍布岁月的痕迹。两位佛爷,一个坐在火塘前,另一个坐在门口,专注地抽水烟。

我们想看看寺里珍藏的贝叶经,佛爷笑笑地,把鞋脱了,爬至侧殿一角,抱出一卷,铺在门廊木桌上。

这卷贝叶经,逾两百余年风雨,完好无缺,树皮上镌刻的巴丽文,隽秀寒瘦,粒粒可见。

两位佛爷作为村里的灵魂人物,三餐不升火,每家轮流送饭。

寺不大，除了拥有永在的蓝天白云，门口全是花，鸡冠花、雁来红、大丽菊……各自为阵，默默戚戚地开，日夜陪着这座古寺。

人有信仰，真好，他必定有所敬畏，处处约束自己，律戒自己，一颗心向着善，向着光。有所约束的生命，一贯知足，永不贪恋。

于村里转悠，去一户人家，发现他家散装的普洱茶喷香扑鼻，有人表示想买的意图。老人说：不卖，自家喝的。末了，老人又示意，可以把茶拿走，不要钱的。

这怎么可以？平白无故地，怎好白拿东西。可，老人决非客套，是同样捧了一颗心给你的，真是印证了陶潜的一句诗：落地成兄弟，何必骨肉亲。我们每个人，一来到这个世上，便成了姐妹兄弟，何必分什么嫡亲故旧？

有同行转悠的时候，被村里人盛情相邀去家里歇歇脚喝口水。

有一年在大理乡下，我也曾被一位驮柴的老人邀请去家里吃饭。

最后一日，我们在茶马古道那柯里驿站流连，顺便与宁洱县县长闲聊，她说自己曾被分派至村里蹲点，对一些年均收入未达八九千元的家庭，要去做工作，比如建议他们种点经济苗木什么的，他们困惑不解：有房居，粮食够吃，干吗还要折腾?

这样知足的生命观,听得我异常震动。反观我们,当得知——谁家孩子出国游学了,谁谁又买了一套大房子,简直焦虑得整夜合不上眼。

心态失衡的人生,何曾快乐过?总归是贪恋太深欲壑难填。一颗焦虑的心又如何体味得到幸福?

拥有蓝天碧水,清洁的空气,有机的菜地良田,顺应四时节序,自然本真地过日子,从容,虚心,安宁。村旁小溪里永远游着红尾鱼,牛羊在山坡吃草,小鸟停在花枝上——我们呢?纵然年收入几十万、几百万,却依然忧心如煎。

我们与他们,到底谁幸福,谁困苦些?

时代的车轮跑得太过迅猛,走着走着,初心丢了,到头来,我们成了一群被异化的人,总是一味地追求加法,却不曾想着去做一次减法。人,怎样才能保持一颗初心,让一条小命步上"悦己"之路呢?我们为何自甘被异化,为取悦主流的价值观而活着?

这趟旅程真是一场洗礼。

日暮黄昏,徜徉于那柯里驿站,眼前忽现一堵灰墙,爬满牵牛花,密如繁星的叶丛上绽放一朵朵纵横任意的紫喇叭,恍如织锦的毯子……青石罅隙处,冷泉汩汩而出。足下青苔历历,头顶苍松婆娑,幽篁参天。

想坐在牵牛花旁,静静给谁写一封长信,将漫山遍野的芬芳与幽秀一齐写进去……那一刻,阳光正好,溪水溱溱,鸟鸣啾啾。

岁月如织,我愿意留下来,在那柯里虚度光阴。

四

迁糯村,虽有风过,菩提树也是静谧的,文殊兰开得贞静——温润的气候,充沛的雨水,让所有的植物璀璨万端。当你靠近,静静闻嗅木本植物的特殊气息——那一刻的恍然,大约便是古人所言的"物我相近"吧。

云南这个地方的花色,要比内地的纯粹,深紫的九重葛、野牡丹,浅紫的牵牛,橙红的火焰木,其花色提纯度特别高,高至圣洁的境界,无有一丝杂质,被炎阳一番番洗刷,纯粹得连这个时代也似乎配不上它们的美好。

秋风徐徐,摇曳着郊寒岛瘦的波斯菊,人行其中,总是无以言。无论高大繁茂的钝叶榕,抑或钢铁一般挺拔的槟榔树,一律散发出虚怀的气质,养眼养心之余,总是令你深深慨叹,如一个厚博之人,永不装腔撒调,总是时时事事的谦卑。

在普洱森林公园,拜访蕨类木本化石——桫椤,这种与恐龙同时代的树种依然存活着，活得非常艰难。连当初拿桫椤当食物的恐龙都灭绝了，它们却活成了天上不灭的星辰。在这座广袤浩荡的森林里，还遇见了令人丧胆的见血封喉，其汁液一旦沾上人的伤口，一条命几乎断送；到处都是擅于寄身的巴豆藤，碗口粗细。实则，巴豆藤简直把自己活成了一本哲学教科书——其果实致人腹泻，根须则可帮人止泻。巴豆藤一生，既卖矛，又卖盾，仿佛一场修行。

五

每去陌生的地方，喜欢逛当地菜场。菜市，是伟大而沸腾的生活之根部，永远是甜的，令人快乐。

不比内地菜市，大多腥膻之气不绝，普洱菜市则是香气扑鼻的。

藿香、茴香、紫苏、薄荷、鱼腥草等野菜，香气充盈不绝。

鸡枞菌刚从山上挖来，根上带着泥土好闻的腥气，如同宝珍，洗净，与素油同熬，久储不腐。

干巴菌，形似白木耳，色黑，香气烈，闻之，简直如坐仙人跳——有些植物的香气是可以令人飞天的。

秋笋肥嫩，褐铜色笋衣剥开，笋肉乳黄。

新鲜核桃肉稍一碰触，则淌下汁水。多少钱一斤？二十块一公斤,尝尝嘛!一霎时,核桃递到手边,再补充一句:尝了不买,没关系嘛。话音呱呱坠地,一菜市人迅即成长为亲戚,任凭游走赏看,乐而忘返。

芭蕉秆被砍下,外皮剥掉,露出里层最嫩的芯子,清炒,必爽口。

菜市另一头,有一个小婴儿趴在母亲背篓里熟睡如小兽,少妇一脸的质朴天真,她面前摆了竹虫、蜂蛹、野栗、小枣,一样一样,沐浴过晨岚早雾的,都是人间珍品。假如丰子恺先生现身,必定画一幅《人间慈悲图》——母亲背了小婴儿,如若母鸡驼了小鸡雏,在她面前呈现的,无不是滋养性命的天然好食材。

山梨大于头颅,皮色橙黄,香气华丽。果肉的甜香,香得叫你可以触摸到她的灵魂。

百香果、小菠萝、金丝枣、香橼等,无一不香。自然成熟的果实,香气蓊绕,普洱地处北回归线上,阳光炽烈,果香尤甚。

这里天然放养的上等牛肉,二十八元一斤。以此制作一种"火烧干巴"的食物,可当零食,亦可作下酒冷盘。以香料腌制,晒干,后以松木或炭火烤之,手撕至一条条,即食。

一个摊位前,有人正以松木烘烤牛肉干巴,香味酷烈又孤绝——秋风猎猎中,我不惜化身《围城》里的李梅亭,悄悄咽了咽肆意汹涌的唾液。

我们在那柯里驿站,吃到一种神奇的东西——黄精。古代老僧辟谷,长达数月之久,就是用它来续命的。与黑皮鸡同煨,高汤中的黄精形似土豆,色黄,口感绵糯。

普洱这个地方,但凡你随便坐在地上,抬抬屁股则可找到三株草药。野生苦瓜酷似少儿版灯笼,锥体,上尖下圆,入嘴,乍甜后苦,尾韵悠长。品咂一颗木姜子,香气横冲直撞,那种奇崛的香简直可以怂恿人奔月。恐于小雀椒的辣,不敢尝试一二,回来后悔不迭——一个格局不大之人,总是多行悔恨之事。

土鸡蛋杂以枯松针,码放于高耸竹篓中。普洱鸡种,皮乌,肉白,不甚蠢胖,趁着绮年玉貌,挑至城里售卖——瞅着远远的一群鸡,分明宋徽宗的瘦金体写在了地上;鹅是灰鹅,体型庞大,红冠高耸,下巴拖着一个肉囊,伸着长脖子"哦嘎哦嘎"地叫,又仙又傻,我给它们照相,末了,它们一边"哦嘎",一边不停地给我点头鞠躬——云南这片奇异的土地上,连鹅都这么谦逊守礼,难道你不感念吗?

徘徊于这野气仙气并存的菜市,难免惆怅,一样也带不走。惆怅,是源于贪恋。遇见,即喜悦,为何想着无限占有?到底一身俗骨,不能放下。

六

　　思茅机场濒临市区，我们到达时已然黄昏。众人下机，机场栅栏外围了一群人——老人，老人背上驮着的婴孩，以及双手紧紧抓住护栏的少年。众人入定般望着我们，眼神里流露无限新奇。我小时在乡下，也是这么望着乡间路上经过的汽车，以及汽车里坐着的城里人——少年的我站在漫天灰尘里，久久目送天外来客，内心漫过无以言的神往。

　　而今，做了三十余年城里人，始终未能真正领略"城市文明"所带来的美与舒心，唯有失根的漂泊无依，内心的困苦日增，总是偏执地以天地自然为美。

　　三十年往矣，我的审美格局一直未能有效地扩展、纵深，一直根植于农耕时代里滞后不前中。我对于美的鉴赏力、领悟力，一直停留于孩童阶段，唯有不惜一年年里以文字去描摹，这星辰般永恒的天地自然四时节序，它们才是值得去珍惜，去爱的。

　　我们是清晨离开的，照旧有老人、少年于机场栅栏外目送。站在舷梯上，我望望白云，又望望栅栏外的他们，那一刻，宁愿重回童年，成为他们中的一员，愿意闲暇时分，去机场看看一群群天外来客，带着无以言的向往，和一颗天真的赤子之心。

浮槎山记

一

四月的风,吹在脸上,芦苇芯子般柔嫩。春将尽,夏日徐徐来。记忆里的初夏,有童年那么悠长,琥珀一样被养在光阴的甘泉里,留待日后,一点点致敬。

某日兴起,带孩子前往位于肥东县境内的浮槎山。

盘旋至山顶,传说中的古建筑大王庙荡然无存,唯剩两块门石,一堆青瓦。仔细辨认,门石的浮雕,刻画的是一只羊,为经年的风雨所剥蚀磨灭,几欲不见。这两块门石孤清地隐身于一片荒草中,有天然的古气——大王庙,曾经有着"北九华"之称,不知毁于何时,一切皆不可考。

废墟上,仓促新建几座庙宇,样貌粗简,审美值皆无。唯一株桃花,开得正妍。碗口粗的树干,有些年头了,半是枯萎,半是灼灼,倾斜着,活在荒颓的寺中,惹人心心念念,看了又看,仙气中袅绕一丝寂气。

桃花开在荒颓的古寺,开在僻野的乡间,开在溪边的茅屋,皆仙气得很,不晓得为何。

到得山顶，近午饭时分，原本想着与住持商量，在寺里吃一顿斋饭……可是，当看见年轻而胖胖的他充满厌气地训斥手下员工，实在让人胆怯——他的脸上没有一丝宁静慈悲，也就摁灭了吃斋的想法。

大殿门口，一个卖香人，带一黄一黑两狗，一只芦花公鸡。

他一边做生意，一边丢点薯片喂鸡。一旁的黑狗见此情状，异常气愤，自桌肚里利箭一样蹿出，龇出四颗闪亮的白牙，吠鸡；这只芦花大公鸡可也不弱呢，将浑身绚丽的细毛悉数炸起，红冠高耸，双足跳跃，欲作势与之缠斗……卖香人忙得很，一边做生意，一边呵斥黑狗。那只被嫉妒占据了整个身心的黑狗置若罔闻，一遍遍不厌其烦自桌肚里蹿出，狐假虎威地欲要咬鸡的样子，可是，关键时刻，立即怂了，不敢真的下嘴，只好退求其次，赛着提高嗓门，妄想在音量上吓退对方。芦花鸡好轻盈啊，不时蹦跃起来，伸出利爪佯装要把黑狗挠出血痕子……我和孩子远远站在一旁，咯咯咯大笑，太好玩了啊。几个回合之后，黄狗慢悠悠走出，将一只前爪搭在黑狗背上，是制止，也是劝谕：算了，兄弟，何必跟鸡一般见识？！还是黄狗有佛心，不争，不妒，心怀宽广。这不同的物种之间，可真有意思。芦花大公鸡一边与黑狗缠斗，一边也没耽误进食薯片，输得最彻底的是黑狗。

嫉妒之于狗性，也是一恶，与人性并无两样。

与孩子感慨——小时候，我们最眼馋的，就是大公鸡身上那些漂亮的翎子，总是妄想扯下来插在自己的毽子上。

二十世纪七十年代末，家家似总能找出几枚铜钱出来。一枚铜钱，用一块布包起，仔细缝缝好，再找一根鹅毛杆，剪去首尾两端，留下大约两厘米长的最粗的那节，底端剪成一厘米长的菊花状，以铜钱眼为圆心，固定地缝在布上，然后在鹅管里插上十几根公鸡翎子，一只漂亮的毽子便做成了。这样美丽的毽子，踢起来，是相当拉风的。有大孩子可把毽子踢至房梁上，串花式，剪刀式，许多不同的高难度踢法，邪乎得很。我们的童年，既寡瘦，又丰裕，总归是一言难尽的。

甘露寺里这只芦花公鸡的翎子异常出彩，于阳光下闪闪发亮，尤其当它炸毛之际，所有的翎子蓬勃竖起，真担得起"美丽不可方物"这样的词。在童年，等哪家真把大公鸡宰了，我们前去讨要的那几根翎子，再也不复当初那么鲜活，失了热血的滋养，顿时委顿下来了。我们不死心，无数个黄昏，蹲守于鸡群聚集之地，出其不意，或可逮到一只活的，生生扯几根翎子下来呢。可惜，大公鸡反应太过迅疾，我们没有一次成功过。

一晃，昔年不再，那个妄想扯到活鸡翎子做毽子的人的孩子已然十岁。山风月色还是一样的山风月色——伫立山巅，眼望山下远畴田畈，一座座村落，一口口池塘，一派暮

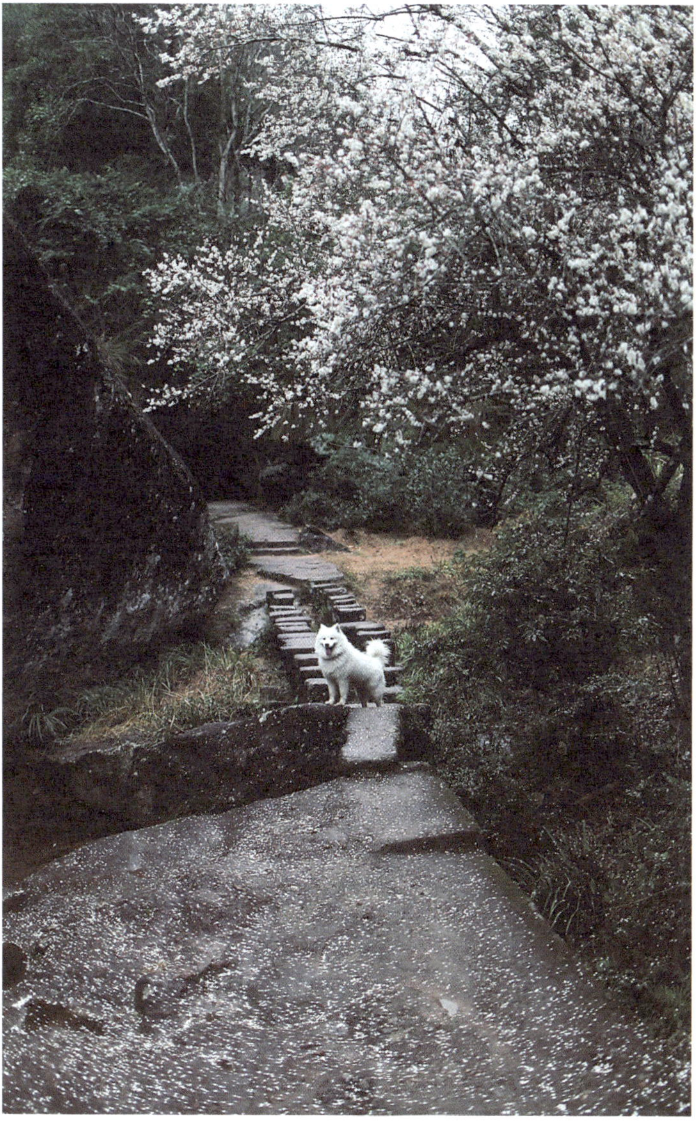

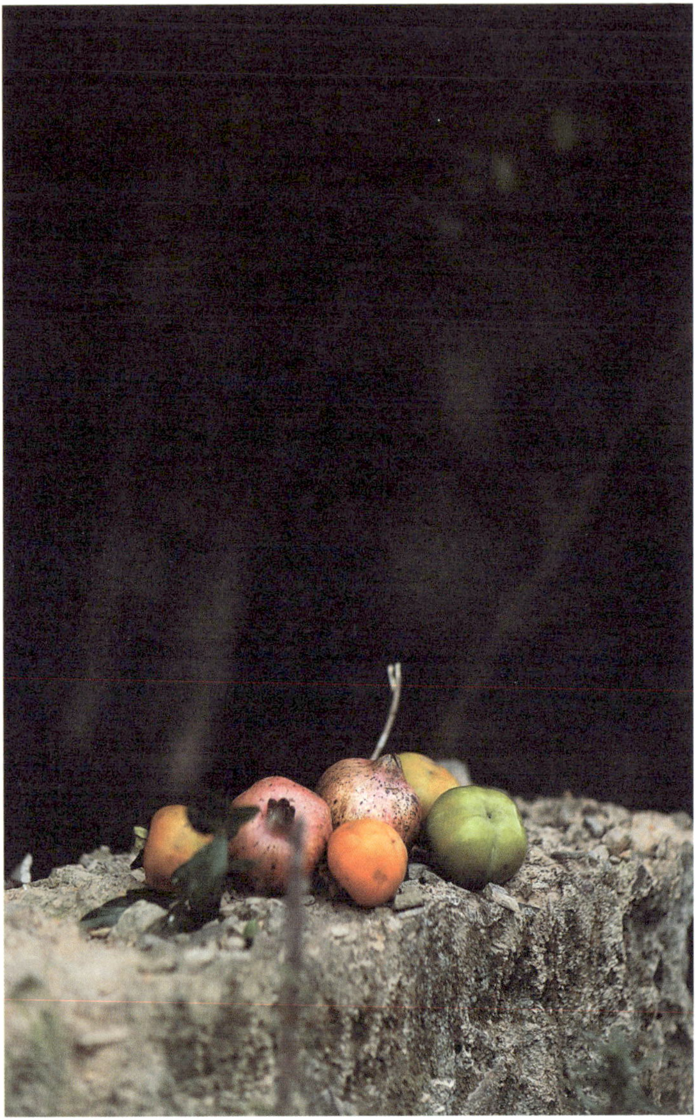

春的郁郁苍翠。

田畈大都荒着,新世纪以来,中国正急速走在城镇化的路上,村庄越来越荒寂落寞下去了。

清明刚走,谷雨即来。到底是北地了,这里乡村门楣上丝毫不见插柳习俗。我们皖南似还完好继承着古风——清明当日,家家去河边,攀折几枝新柳,插在门窗上。

二

浮槎山顶,有泉眼两口,终年不绝。等我们赶到,已被一座茶厂占领,起几座粗陋的矮屋,炒茶用。

满山皆茶园,附近村民凌晨五点即上山采茶,一斤嫩叶,六十元的酬劳,一天可采两三斤。老人说:在家闲着也是闲着,出来采茶混混日子……她苍老的手指被茶汁染得乌黑。有一顿免费午餐,一碗饭上,盖一瓢西葫芦丝。她们坐在屋檐下,低头静静吃饭,山风吹着她们的乱发……一样的平凡俗世。

浮槎山顶两口泉眼,大有来历。

北宋年间,当地太守李侯曾将这泉水千里迢遥地送给远在京城的欧阳修。欧阳修喝过之后,回信大赞:"所寄浮槎水,味尤佳,然岂减惠山之品?久居京师,绝难得佳山水,顿食此，如饮甘醴，所患远，难多致，不得厌饫尔。"

这都不算什么，他还特别写了一篇《浮槎山水记》公布于世，盛赞浮槎山泉水如何之好。

我来浮槎山，正因为看了《浮槎山水记》。

出环城高速，入省道，忽然消失了人踪车辙，不愧为静中探幽了。渐渐地，浮槎山如在目前。

北宋诗人释用孙曾也来过此地，他写：

山为浮来海莫沈，萧梁曾此布黄金。
梵僧亲指耆阇路，帝女归传达磨心。
地控好峰排万仞，涧余流水落千寻。
灵踪断处人何在，日夕云霞望转深。

千年以后，我来时，浮槎山早已不复当年"涧余流水落千寻"模样，尤其这两口名泉，终年被囚于两间小黑屋内。最碍眼的，是被投进了无数硬币，白瞎了这一汪甘泉。

时代是匆促的，也是粗陋的，我们这些往来之人，再也不是北宋而来的先民。

欧阳修在《浮槎山水记》里写：

夫穷天下之物无不得其欲者，富贵者之乐也。至于荫长松，藉丰草，听山溜之潺湲，饮石泉之滴沥，此山林者之乐也。而山林之士视天下之乐，不一动其心；或有欲于心，顾力不可得而止者，乃能退而获乐于斯。彼富贵者之能致物矣，而其不可兼者，惟山林之乐尔。惟富贵者而不得兼，然后贫贱之士有以自足而高世。其不能两得，亦其理与势之然欤。今李侯生长富贵，厌于耳目，又知山林之乐，至于攀缘上下，幽隐穷绝，人所不及者皆能得之，其兼取于物者可谓多矣。

翻成白话：天下之物，只要想要，都可得到，这是富贵之人的乐趣。在松荫下枕着丰草听潺湲的水声，饮滴沥的石泉，这是山林之士的乐趣。山林之士看到天下之乐，能不动心。有时心里想要，考虑到无法得到就立刻停止，退至山林中而获得快乐。富贵之人虽然有很多宝物，却不能兼有山林之乐。只有李侯生长于富贵中，视听之娱都能满足。至于攀缘山上山下，所有幽隐穷绝之处均已走遍。人们不能得到的都能得到，从外物中可取得的可说多了。

久久心动于这一句：或有欲于心，顾力不可得而止者。
有时心里想要，考虑到无法得到，便立刻停止。
这便是生命中不可强求的释然。不必强求，一颗心自会安稳，从而获得广大的宁静。

只是，学会从容放下，对于个体生命，太难，太难。我们一直做不到。

三

近年，由于种种，总是无止境陷入焦灼不安的负面情绪中，精神上的困厄无边无际，可真折磨人，脾气一日坏似一日。冬日某个黄昏，郁郁不乐的我，匆忙下班，去学校接放学后的孩子，一见大风中的他，便无端呵斥：把帽子戴上！

天性敏感的孩子快要哭了，他特别委屈：妈妈，我又没做错事，你为什么对我这样讲话啊。

那一瞬，简直被雷轰了，整个人顿时苏醒过来。作为一个母亲，怎么可以不懂得掩藏坏情绪，而无端强加给孩子？对于无辜的他，该是多么大的伤害。似乎中国父辈，一贯无意识地将人生中桩桩件件不如意，一并化作负面情绪，直接发泄给孩子们。对于眼前的弱小生命，我们的父辈，一不如意，非打即骂，不自知，不反省。而我这个时时警醒的人，竟不知不觉间同样粗暴地走上了这条老路。

那个黄昏，一个妈妈羞愧难当，她恢复到常态中，平心静气恳求孩子，原谅自己的粗暴，并倾吐心声，因为妈妈太难了……并保证，以后决不再犯。

小人家似懂得了什么，张开双臂体谅地抱抱我。就是这样的妈妈，她每去深山古寺，必默默礼佛，无非求一个内心的宁静。

这孜孜以求的宁静，不正是欧阳修所言的"或有欲于心，顾力不可得而止"？倘可做到"不可得而止"，便是大慧之人了。那么，他的心，必时时处在宁静之中。

四

浮槎山寺前，有一池塘。沿途捡拾几块深赭色页岩，就势蹲在池塘边的巨石上，打了几串漂亮的水漂儿。孩子叹为观止：好神奇啊。

是啊，童年的我们，整日活在自然中，风中，雨中，泥土中，柴栏中……甚或，可自得其乐地与一条小河玩耍整日，还可以技艺精湛地将水漂儿打到小河对岸去。小小青灰色瓦片平行于河面，跳跃浮沉佻达，音符一样隐现于水中，发出轻微的声响，还会拐弯呢。当日，疏于技艺的我尚可于寺前的池塘打出一串拐弯的水漂儿，至美。

回来的路上，穿行于省道，远近皆田畈，油菜花早已凋落，结出青涩的籽荚；暮春的熏风一日浓似一日，红花草田一派绚烂，叫人重返童年——也是这样的季节，放学后，行于田埂，整个田野被红花草覆盖，一种无与伦比的快乐雀跃般到来，小小的身体被一股神秘的东西主宰着，几欲决堤，将书包一撂，整个人横陈于红花草田，肆意翻滚，累了，任繁盛的红花草丛将身体淹没，徒留两只眼，呆望天空，花香如瀑……

当今方明白，那是一个小小的自然人，对于万物之美的回应。

那种天然的快乐永不再来。一年年的，时代加快了进程，我们这样的人被冷兵器一样的科技日渐物化，久之，所有的触觉感官均蜕化了，迟钝了，对于山风月色之美，不复强烈的回应。

我一直追求的那份宗教般的宁静，从未长久地获得过。陷入精神困厄中的日子，总是多些。纵然每夜九点前关机，将自己静静搁在书页的交迭中，却也不可避免陷入无止境的焦灼。是自身的星系被打乱，一直处于难以突围的无序之中。

但，在一个平凡日子，偶然去了一趟浮槎山，被山野的微风感染着，仿佛来自天外的纯净，让我领受着世间的美、慈悲以及安宁。这份单纯的感动，可令平凡如尘埃的日子重新有光，恍如亲自于红花草田里滚了一遭，重回宗教般宁静。

生命不过如此，读读书，爬爬山，看看花。

我家门前的晚樱，满树花朵落了一地，微风也吹不走她们的繁复了。

杭州之春

一

至杭州东站，排队打车，足足花去一小时。打出租，去酒店，仅仅二十分钟，推开车门的刹那，泡桐花落到脚上，自是异样……

于酒店附近绍兴小酒馆吃完两菜一汤以后，实在疲倦困顿，回酒店休歇一小时。

出门三点多了，坐12路车，历经一小时余，到达西湖一公园，欲近黄昏。天上堆积着灰云，风越来越大，岸边有吱吱呀呀的胡琴声，老年女子正唱着越剧，那样的拖腔，滴血般凄厉，连西湖水也荡漾起来了。盛世一样的喧嚣，让人颓然坐在湖畔水泥阶上，不知何去何从。

叫一位师傅送去小孤山，价钱谈好，临了，他又改主意，说是要下班了；满觉陇更是去不成。他们个个精明而世俗，一齐杂七杂八点拨道：现在堵车厉害，送你去了，天也黑了。末了，又集体嘲笑：那里是乡下哎，有什么好去的咧，不好玩的……

他们不懂。

雷峰塔，距我不远处。那么多的人，东方人，西方人，老人，孩子，男人，女人，热恋中的情侣，淡漠的中年人，一齐在湖边流连。我作为最不起眼的一个，形容疲倦地随着人流移动……好傻。

当你一路行来，原本心里面储备了很多东西的，却一次次地错过，不能与之共情，怎么不沮丧？

当来到这个昔日南宋的文化中心，当你心中被苏东坡、范宽、夏圭、马远们所充满，然后，眼巴巴看着他们流逝了。这个地方，可是他们曾经生活过的地方，这山水格局，启启合合间，历经几个朝代的兴衰沉浮，依旧在这里。纵然人都不在了，他们的诗篇、画作依然永恒不灭，与山水同在。

去年秋夜，几十人同游白堤。今年来，希望有时间走走苏堤，还是错过了。展开西湖平面图，苏堤距我的位置颇远。天快黑下来，走是走不到的。

怎么着也得去西湖上浪荡一圈。买一张去瀛洲岛的票，不及十分钟，一步踏入岛中。人山人海，反而衬得这座绿意丛生的岛更加荒冷枯寂，沿四周步行一圈，实在倦乏，静静坐在石阶上望水，望山……

这眼前山水，纵然令人眼热，但，更多的是一份孤高峭薄，再往深处回溯，颇有那么一点精神上的自苦……不然，你来西湖做什么？年少时，读贾平凹一本随笔集，他写西湖，劈脸一句：西湖，不过一滩水而已。面对这样的句子，颇为吃惊。

眼前的西湖，何以一滩水那么简单？

苏轼曾两次来此做官，第一次：1071年至1074年，做了三年的杭州通判；第二次：1089年至1091年，又是三年，这次是杭州知州，相当于市长的位置了。古时读书人，不仅诗文好，官也做得体面，再看看王维、张九龄、白居易、韩愈、柳宗元们，哪一个不是心有格局之人。

苏东坡第二次来杭州，适逢西湖水患，他遣人梳理西湖。被挖出的淤泥、水草堆成一个坝，被后人命名为"苏堤"，如今，人人踏上去，顿觉风雅。说白了，那是苏东坡的一点政绩，未曾想成了后人吟风弄月之所在。苏堤比白堤短得多，那一段有十景之一的"苏堤春晓"。春日去走那一段，最为遣怀。这眼前的一草一木，山山水水，以及你心心恋慕的人，相互映衬，彼此托负，也算到得了一个圆满。

将这堤坝围成后，苏轼本人颇为满意，诗云：

我在钱塘拓湖渌，大堤士女争昌丰。
六桥横绝天汉上，北山始于南屏通。
忽惊二十五万丈，老葑席卷苍烟空。

坐在瀛洲岛上，四望，天色灰沉，特别契合他这一句——老葑席卷苍烟空。恰好，我坐在"三潭映月"之三座小石塔附近。它们在水里，我在岸上，仿如镜花水月。

黄昏的风越来越大了，吹得湖水起了涟漪。喉咙里被呛着的一口口冷风，一直冰至足底。抱着膀子与眼前这三座小石塔对望良久。

这三座小塔，玲珑有致，伶俜可爱。倘若深夜点一盏灯，与星空辉映着，何等辽阔无边。西湖的意义，悉数涵容于星月中。

三座小玩意儿，正是苏轼遣人打造的。当年西湖水草为患，苏学士想出一个好主意，号召百姓前来西湖种菱角，自此，绝了水草葳蕤的烦恼。以三座石塔作界，围成一个特定水域，独自空出，什么东西也不种，专作审美之用。倘若满湖遍布菱角叶禾，密不透风，也不透气了，得学习山水画的留白。

一千余年过去，一个暮春黄昏，成千上万游客，于此驻足，流连，小小的我，此刻，恰好随着人流浪荡至此，原本意兴阑珊，未曾想，误打误撞，遇见他的遗迹——作为一名精神偶像，我们一家人都喜爱他，特为孩子取名"子瞻"，算是向他致敬。孩子这名字，曾不止一次遭到同事耻笑，她说，你一个写文章的，取什么名字不好，偏要照搬苏东坡的，太没想象力了。

在偶像面前，我们变得矮小，甚至自卑了，何来想象力可言？孩子幼时，坐在澡盆里唱王菲版《水调歌头》，每一次，音都起高，渐渐地，拔不上去了，瘦瘦脖颈上青筋暴跌：

我欲乘风归去，又恐琼楼玉宇，高处不胜寒……

多年来，每天清晨，小人儿一睁眼，我们将小录音机扭开，以唐宋诗词喂养他，不晓得日后的他，到底记住多少，只盼望，有光照到他的心上，有所陶冶与浸润，成年后不要成为一个满腹枯索之人。我们不能给他留下无数房产，只能引导他以精神路经。

这样的一条小径，也是可以通往无限的。

二

宋（无论北宋、南宋），在我眼里，恰似那日西湖的天空，一直灰沉沉的，但，西湖这样的山水格局，实在令人流连——暖风熏得游人醉，只把杭州作汴州。谁会想到，就是这样温软清逸的自然环境，成就了南宋文明的巅峰？无论绘画领域,还是科技、医学领域,都是首屈一指的,甚至超越了盛唐。

酒店书吧间,有若干蒋勋的书。拿一本他鉴赏美术的书,随便一翻,一幅幅,均是南宋的那一批画。他一点点分解,字字入心。

一直在储备,将来若有机缘,希望可以写写范宽、夏圭们……

蒋勋一直是我欣赏的那类作家,他的功力在于,举重若轻间,以一个短句,随便点拨你一下,都会令人醍醐灌顶,哦,这样子啊,一下豁然。此人堂庑颇深。

搭乘公交车上慢行,偶或看见街头欧米茄专卖店,细青砖勾白缝的外墙上,敞开一面巨大橱窗。年轻时读朱天文小说,写女孩子与男友分手后,忽然有一天,想起什么,哭着走了遥远的辛苦路,到基隆河边,把一块欧米茄咕咚一声丢进水里。曾想,女孩傻啊,典当掉也好,可以换回几季裙子……

当下,终于明白,应该丢掉。自糊涂到明白,中间得历经几十年的光阴岁月。生命里的许多事,都是被我们的混沌不清,浪费掉了。

去一公园对面的丝绸店,一条长裤,两千余元,实在买不下手。但,也不失落。物质的东西,可无限拥有,也可无限放弃。人生并非穿衣吃饭,也还要建立精神的广厦,小小的"我",居于其内,可以不为外物所动。这样的你,势必强大一些——外物纵然夺人，但不足以击垮你。

晚餐，依旧去了中午那家绍兴酒馆，叫一碗青菜面。小妹端来一盆，足够三人食。虽不合胃口，也勉强吃了一小碗。临走，老板娘送我一小袋抗过敏的试用装，叫买一元钱的那种矿泉水稀释一下，涂脸……回酒店的路上，泡桐花在路灯下静静开着，一嘟噜一嘟噜的紫花，与白日的，自是两样，散发出夏日花露水的香味，让人忆起童年，遍布微微的远意。

酒店旁是枯树湾巷，有深山般的安静，路灯光将人影拉得瘦且长。

我踩着自己的影子，慢慢走，慢慢走……

这座曾经的南宋文化中心，也算来过了？

三

翌日，起得早，自酒店出门来，右拐，去菜市转转。

最喜欢去陌生的菜市，那里是生活的根部，让人踏实喜悦。

这世间，似没有几样东西可轻易把我带至快乐之境，不知是缺乏自我快乐的能力，还是心如枯井沉疴积厚？

菜市里，有人低头在剥黄泥笋。褪去外皮的笋身，鲜嫩润白，仿佛有光，大抵来自天目山。

我若在这里长居，日日去买黄泥笋，与火腿同煨；再称一把西芹，两斤淡菜。新出海的淡菜养在洗菜盆里，滴几滴芝麻油，滤掉体内泥沙，老蒜瓣拍拍好，爆炒之，激点花雕酒，火光四射，俗世里最殷实的日子。搬只小木桌，放门前泡桐树下，与孩子一点一点剥淡菜吃，微微的腥气，杂糅于泡桐花的芬芳里，阳光筛下大片浓荫，被四月的风吹着，快要盹过去了。

清晨，拎回几棵笋，坐在泡桐树下剥剥，紫花落了一地，两只脚都没处搁，全是花——在花香里剥笋，过自己的日子，平平凡凡，落落大方。银杏叶那么绿，在晨曦里微微晃动，小鸟啁啾，偶或风来，带回槐花的清香。

毗邻的绍兴酒馆里，正炖着黄鱼羹，西湖醋鱼也会做的吧。刚到的那日午餐，小妹推荐一盘回锅肉，因为不辣。回锅肉里点缀些红椒青蒜，好看得很。杭州的干子，也可口，一人将两菜一汤吞掉大半，末了，还吃下一小盏米饭。

四

实则，是要去千岛湖的。一路上，车过钱塘江、富春江，江水淙淙，船只三两，横斜江面，夹岸满目郁葱。当过钱塘江，东坡兄的诗句，鸽子般噗噗来到了眼前——我在钱塘拓湖渌。自信,而意气奋发,这个才华绝伦的人,踏实又能干。

富春江镜子一样,如此清澈,叫人看了又看。这些大地上的支脉,浑浑然,流淌着,最后都是要入海的。我现在的生命勉强算得上一条支流,浅,薄,弯,无可厚重。可是,谁不曾有个天才梦呢?

天才一定要抵达大海,我们一直行走于通向大海的路上。

沿途的山,富于层次感,也有音乐的律动,犹如勃拉姆斯的第二钢琴协奏曲,满目饱涨着的春天气息。群山间的新竹修篁,微微泛黄的旧气里,同样埋伏着苍松的翠妍。覆盆子正值花期,洁白的花,小号一样,吹响于满途。泡桐,苦楝,皆紫花低垂,梦幻一般的紫,望之蕴藉。

沿途一座座山,好比流动着的古典音乐,一个乐章一个乐章推进,是看不够的。黄公望令富春山不朽,富春江令黄公望圆满,山江彼此成全。

我们每一个平凡人,莫不在自我成全。

五

到得千岛湖,吃罢午餐,稍微休息一阵,便去游湖。

春日的湖,与秋日的湖,自是两样。天气清朗,视野愈发开阔,随便坐在哪一处,都得清气围绕,是那种直见天地的辽阔，仿佛一直给你远景，不停地往空阔处推着镜头，湖水一如往昔，清澈无垠，有海的壮阔。

小小的人伫立岸上，一次次看见空无——远山、近水都退了去，眼界里空无一物。是我自己都将清空了的。心里有什么，眼里就会见到什么。个体眼界，一直为灵魂所制衡着的，以及你的心性、格局，皆受制于灵魂。

一树泡桐花，独自于湖畔，静静地开，静静地落。

人少，坐的是快艇，可抵达湖面幽深处。穿过千岛湖窄镜一样的湖面，座座孤岛，自成一格，伸手可触。岛崖临水处，倾覆而下的，皆是花——覆盆子与山杜鹃，美得令人尖叫。

山杜鹃的红，有乡野之气，但，不伧俗，被湖水映衬着，无比雅致。那种红，没有语言可以精准形容，比喻也不行，范宽、牧溪们怕也都调不出来的红。这种红是一种险境的红，汉语对它无能为力。玫红，肉红，橘红，都不是。水的灵性，给予它的滋养，为它调的色。在这种山杜鹃的红面前，怕是连汉语都要丧失掉自信的。

覆盆子，这种鲁迅笔下出没的植物，原来并不都开在他家后院。确乎开在一座座临水的孤岛之上，何等高洁无尘，短暂的花期，只愿与水同行，一蓬蓬，素洁贞静地开，孤清，独自，近似于小津的电影气质。待小艇行远，再回头看它们，原来，也是有着热烈的，那种洁白无邪，仿佛是把整颗心都捧在手上给你……又总能辜负呢？日后，久居都市的你，会一直想着它的纯洁，彼此纵然不着一言，但，到底遇见过。

遇见，恰便是无言的美好。

天，地，人，自然，浑然一片。我们每一个人都是一座孤岛，四季的更迭中，默默生长，到了春天开花，秋天结果子，简单，混沌，淳朴地轮回着，是湖水把我们连在了一起。一湖的翡翠被发动机搅成了碎钻，飞溅在舷窗上，一路跟着我们，在斜阳的余晖里闪亮夺目——湖水倒映出的光，是天堂的光，摄人心魄，无以忘怀。

台湾人常说的一个口头禅是"惜缘"。惜缘，莫非珍惜眼前？

这晚春的覆盆子、山杜鹃以及湖水，它们都是为我开，为我清澈的。

世间，何等复杂纷繁幽暗，每想起远方的山花、湖水，一颗曾沐浴过光芒的心，会一点点变得纯粹起来。

六

回到合肥，屡屡想起西湖格局。西湖之上，无一处不匠心独运。

只有退回定居处，再去复习远方山水，那些消逝了的草花树木,方凸现出它的舒豁美好。随便站在瀛洲岛哪个位置,皆可看见四枚明月。花木葱茏,尤其含笑,一直以为它是灌木科,但在瀛洲岛,它们长成了树。满枝花朵,远望,月白一片,待近了看,却是米黄色系,甜香扑鼻;蔷薇正盛,临水处,三串两串……也少不了鸢尾、繁缕,于路边等你,直至没了你的脚……

　　游人如织,破了瀛洲岛的平衡。倘若深夜,划一叶小舟,更能体味出别一种意境,孤清的,独自的。四面被渺茫的湖水围困,偶有禾花雀。西湖的麻雀比别地的消瘦些,毛色发亮,大约源于诗性的养育,山水不但令人有不同姿态样貌,甚至可以将鸟雀塑造得有气质。一直喜欢瘦的东西。瘦,作为一种独有的诗性气质,别具弱质之美。

　　大华饭店一带,如梦似幻。一架水泥廊檐,攀了木香,繁花弥天,开得何等迷醉。在西湖这架辽阔的木香面前,我分身为一名帝皇,除了拥紧江山以及众多美人,只能想起一句诗来——木香戚戚雨沉沉。

　　湖畔那些柳树,同样端肃整洁——西湖边的树木仿佛颇有来历,与别地不同,底蕴深厚些。它们在漫漶的岁月里一点点储备着许多东西,自是不同气质,甚至青砖缝里直立的草,与别地自是两样。姿态横斜的石拱桥,一律天青色。当你踏上去,四顾远望,皆是一湖白水茫茫,萦绕的,流动的,处处清奇骨骼。多少代人，做文章一样，孜孜以求匠心独运而来的西湖格局，总是给你画面感，有景深，有层次。那山，那水，以及整个景观，酷似宋元以来的一幅幅画，有册页窄轴，更有写意泼墨。湖水空茫，仿佛大片留白。这留白似乎成了中国人的哲学观，空无一物，实则应有尽有。

黄昏的风，颇有凉意，湖面近处，小荷偶露姿容。一公园那里虽喧嚣至极，但，湖面这点点新荷，令你的心，一霎时安静下来了。暗紫色系的新叶，在风里荡漾，分明一幅幅写意小品，好能压得住阵脚。

西湖整个的气质，总归说不好，如遇一人，搁那儿一站，没有来由地，你倾倒了，是家传的修养，有内敛含蓄之美，纵然未曾开口，自是呈现一份独异的心性。

西湖的格局，适合久处，慢慢地，你原本晦暗的灵魂会被照亮，也是彼此成全。

虽只在局部停留三四小时，但，永远忘不了，那种美会在日后一点点地被释放，让你心仪，不能放下，然后有了苦恼。不能拥有，所以苦恼。

苏州日记

2006 年 11 月 4 日　小雨

去苏州前夕，在电脑前小坐了会。彼时，透过南窗，一只乌鸦从天而降，立定于楼下柿树上，大叫三声，扬长而去……天是阴的，将雨欲雨，忽然就不想去。是被乌鸦的叫声干扰了。

转而一想，车票已买，还是去吧。

七小时车程，抵达苏州。夜幕网一样倾下，天空橘黄，雨点稀落，叫了一辆摩的去酒店。沿着莫邪路一直往南。雨点打在脸上，疼极。左手护着包，右手紧紧抓住车尾金属架，恐惧感虫子一样密密麻麻——这人会不会把我拉到荒郊洗劫一空？每隔一阵，装着内行的口气质疑一下：不会走错吧，怎么还不到？要不，停下问问路边人？此人满口苏音，我一句也不懂，最后索性闭了嘴，胆战心惊捱了近二十分钟，终于到达酒店。

上车前，明知道他多要了钱，却没有异议。并非不晓得还价，而是怕杀价后，他会否在半路将我撇下，也就随他去了⋯⋯

11月5日　中雨

上午开会。下午去拙政园、水陆城门等地。拙政园太过著名，无人不晓，从略。

苏州旧城，小极，巷窄，树矮。夜色里的梧桐叶，迢迢遥遥，偶尔飞一只下来，在树根边落脚，淋着雨，默然不言。

潺潺流水，处处黛瓦粉墙——苏州，像一只蜻蜓伏于水面上，安安静静的。

满耳苏语，颇接近《围城》里宁波小裁缝阿三的乡音，仔细听，句句尽显昆曲念白的韵味，悦耳，急速，婉转，仿佛嘴里含着滚烫的一粒糖，舌上绕来绕去的，一忽便软了，化了，不见了。

街灯均是古代皇室的宫灯模样，大约宣纸糊的，印着素淡的花，一朵，两朵，悄悄坠在深秋的烟雨里。

《苏州日报》食堂用完晚餐，已然华灯闪烁。步行，往观前街，忽然，大雨豪注，乘车回酒店。路上，"沧浪亭"的站牌异然凸现，雨点密密斜插下来，有一些异样。这里的候车亭，是真正的"亭"，有古意在，廊檐飞翘，有木质屏风，圆形拱门，匠心独运。

一天走下来，一双袜子各破了个大洞。歇下，躺床上看半集《大长今》，蒙蒙睡去，一宿无梦。

11月6日　多云

早晨八点出发，去常熟。一小时后，抵达尚湖风景区。据说，姜子牙在此垂钓过。因为他字"尚"，故由此得名——尚湖。

尚湖面积是杭州西湖的1.5倍，烟波浩淼，望不见对岸。湖上有岛若干，其中一个岛屿上，植有大片牡丹。由于花期已过，所有枝叶被修剪得如同出家的女尼，肥大的裤管束在腿上，走起路来都是忽啦啦地一阵风。那片牡丹园，远看，就是一群头戴翠绿帽子的女尼。还有紫藤，据树牌提示，均两百余岁年纪。这几株紫藤，站没站相，坐没坐相，纠纠缠缠，扭扭捏捏，好像集体闪了腰，一齐躺倒于栏杆，被两百余年的风雨晾晒，简直成了精怪。

湖水清澈，小鲳条密密匝匝，向水面吐一口唾沫，齐刷刷的小嘴皆聚拢了来啄食，被阳光晃动着，珠宝一样闪光。

浅水区，满目枯荷，予人荒芜萧瑟之感。初冬的荷，一派凌厉之姿，底蕴深厚的，懂得收敛的寂枯之态，既寒，且瘦，有骨感，又充满着刚烈，褪去了一切繁华肥美，傲骨晏晏，错落于风里，凛然不可侵犯……所有叶子被风寒沤成驼灰、墨黑，沉沉低垂，有孤注一掷，也是奋不顾身。

汽车穿过尚湖，直逼虞山森林公园。群山巍峨，云缭雾绕。山脚下喝茶数巡，当车队即将离开之际，有几位男记者坚决不依。他们提议，无论如何，要去一趟河东君墓，说是晚上回去一定有个好梦。

领队迫于舆论压力，遂答应改变行程，绕道一去。

柳如是芳冢，一个小土包而已。不及两百米，是钱牧斋终老处，又一个小土包，逼窄，寒凉，像极他的晚年。两座坟冢，双双孤零。但，大环境也算称心。背靠巍巍虞山，头枕广袤良田。良田内植有大面积油菜苗，风过，小菜苗摇摆颠簸，如历史的步子，迈得颤颤巍巍。这虞山脚下，也还清寂。柳小姐金陵繁华喧闹半生，死了，也还落个安寂。

遗老，孤芳，不过是这样的结局……

我们继续上路。途中，又遇翁同龢墓。集体下车，上山，一百三十余人，齐齐整整排好队，绕墓一周。有人感慨：老先生他怕也是从没这么热闹过……

至少，我们知道，这里睡着一个有格的人，一个受人尊敬的人，一个两袖清风的方正之官，一个君子。

众人下山，我看见两个偷树的人抬着一棵松。

下午，至沙家浜，参观芦苇荡，一小时后返城。夜幕下，赴某美食城豪宴一场。

11月7日　晴

立冬。依旧小阳春的温度，街上的苏州姑娘穿着薄衫。

八点钟的车。去周庄。

资料片里看过无数遍的周庄，仿佛一切都已熟悉，久而久之，仿佛是吾乡所在地，也算熟门熟路了。一百三十余人，分十六条船游河。我们几人站在河沿，磨磨蹭蹭先不上，专等着那位戴草帽大嫂的船来。众人一上船，她憨厚地笑，满口洁白牙齿。大伙儿怂恿，唱首歌吧。她答应得干脆。话音乍落，歌声便起……

我频频回头看她，越瞅越像一个人。谁？张艺谋电影《摇啊摇，要到外婆桥》里的翠花嫂。像极，干净，纯粹，双眼里满是专注的神色。她年轻时，一定俊得很，一双眼睛，弯弯的，沉默时，也有笑意。不长的河，两岸都是她的熟人，不停地招呼。岸上人家的石阶，铺排着，一直伸到河面。门口，是菜园子，韭菜、萝卜、茼蒿、青菜，一样样，都青青的。一群麻鸭撅着肥屁股一扭一扭，眼看着游客愈来愈多，它们人来疯般激动着，扇动双翅，复而纵身一跃，扑腾到河里。

我们坐船，是往沈万山出生的老院子里去。看过祖屋，又去看了他自家三进三出的沈厅。那些厢房啊天井啊屏风啊，统统都是死的，唯有人是活的，一双双脚，一遍遍踏，来来去去。那些家具陈设,由枣红褪为暗红,带着一种阴冷的湿气。黄梅天时,会长霉的吧。

这个沈万山,虽然勤劳刻苦,但就是不聪明。也可能后来大抵是忘了——当年朱元璋讨饭时,自己曾接济过他的事。单单这一点接济史,足以令朱皇帝耿耿于怀。后来,你不仅不识相,甚至在皇上尽享万人之上的富贵荣华时,竟胆敢拿银子犒赏他的贴身部队。他能不气吗?他不仅气你的富可敌国,更气你知道他那段讨饭的前半生。以试图谋反的罪名,罚贬边疆。这点上,范蠡似聪明得多,帮越王打下江山,深知伴君如伴虎的道理,辞官归田,扁舟一叶,逍遥而去。商人终究不敌文人的聪明,正在这里。

再去张厅。懵懂里,想当然揣测,不过又是一个勤劳致富的荣华人家吧。

参观后,方晓得,实则是那个西晋文人张翰的家,患了著名的"莼鲈之思"的人。"莼鲈之思",源于《晋书·张翰传》。张翰,洛阳为官,任齐王司马冏的东朝橡。一日,秋风起,张想起家乡吴中的土特产茭白、莼菜羹、鲈鱼脍,便与人道:人生在世,最难得的是舒适随意,怎能因为贪恋官位和名望而被束缚于千里之外呢?

于是作歌:

秋风起兮佳景时,吴江水兮鲈鱼肥。

三千里兮家未归,恨难得兮仰天悲。

随后驾车,不辞而别,回故乡去了。不久后,司马冏参与"八王之乱",失败而死,其部属多受牵连。张翰因擅离职守,早被齐王除名,得以免祸。人们争说,张翰到底有先见之明。

当日午餐,我们在张厅酒家吃了鲈鱼,颇为鲜美。

我觉着,张翰的弃官归田,不见得是人们所说的"有先见之明"那样的邪乎,他可能单纯为的就是那一口饭菜,平易,简单。也许,只求故乡的一碗可口饭菜,什么都可以抛下。

独自穿梭于小巷。一家酒坊,正酿着米酒,唤名"十月白",诗意盎然。古老手工的出现,叫时光仿佛走了回头路。这一走便是数年——小巷散布铁匠铺、篾匠铺,以及一家纺线织布的店铺。一架纺车,几欲散架。纺线老人足有八十岁了。她可能是最后一位纺车人,她的孙女辈决不会再做她的事了。店堂里挂有粗布旗袍,对襟的褂子,望之可亲。忽地想起外婆来,她在世时,常穿的就是这样的对襟盘扣的棉布褂子。

午后,去古戏台,听评弹。那女子,纵然一头短发,但一抱上琵琶,风韵一下便出来,婉转明媚的唱腔,直刺云端。接下来,昆曲登场。一曲《思凡》,满耳流金,是万水千山的之遥之远……阳光倾斜,穿透雕花木窗。女子一身绫罗,长袖披拂，光彩明艳，笙歌雅意。我像被一片梦蛊惑着，有热血往头上涌。

人到一定岁数，便懂了昆曲的好。

一座小镇，安静了九百年，古老的传统手艺至今保有着。1984 年，因了一位画家的双桥油画而名闻世界。这可能就是机缘，或者叫命运。一座古镇，与一个人的命运相若。

周庄，对于自小生活在都市的人，可能有着浓烈的吸引力。但，于我，却也泛泛。自小生活于水墨皖南，骨血里流淌着的同样是河流的气息，故，不那么讶异，有一些钝钝的。但，这一点，对于周庄，丝毫无损，它，依然是好的，并不断地为广大人群所知。

周庄的灵气在蜿蜒的河流里。

河流是一切的源头，文明的，流动的，美的。我似乎去过了，仿佛从不曾来过。

日暮黄昏，离开周庄，去往另一座古镇——千灯。拜访几棵上千岁的树，银杏、楠木、竹节、白腊。站在古树前，方才明白，最久长的，是最沉默的。

在树面前，人小如蝼蚁。

沿着胭脂红石板铺就的小巷，去顾炎武故居。顾亭林先生的墓地，就在故居附近。先生原本死在北方，是他的孩子不远千里，步行着将父亲遗骨运到江南来，葬在自家院里。

顾家后花园里，许多石马石狮，没有了头，处处断壁残垣，荒草掩路。

一轮红日，渐渐坠下，我们也就走了。

11月8日　晴

日程表上目的地：苏州市郊一个叫"太湖"的风景区。

身体不适。一早，脱离大部队，独游苏州。

叫一辆人力车。沿竹辉路,折一个弯,看见"灰鹊桥路"。真奇怪，临离合肥前，一只乌鸦对我大叫三声。在苏州，又见着了灰鹊桥路。短短几日，丧鸦喜鹊皆见。

去观前街，无意间走进老字号瑞富祥。满目华丽绸缎，一匹匹，卷着曲着，排列于柜台。转身，布满琳琅的披肩，宝石蓝冷冷底子上，飞了牡丹，鸡血石底子上，开满芙蓉——艳到极端，便是雅，负负得正。绸缎像极昆曲，你仔细听，那唱腔，均是浓艳热烈的，像张爱玲笔下娇蕊的那个大卷花头，飞在风里，有香艳的脂粉味，甚至靠得近了，颇为呛鼻。可是，稍稍退步了看，又是如此风情端肃雅洁干净。

在富贵繁花的绸缎里来来去去，似欣赏一场布景，甚至忘了这些是允许被买下来的。我可能真的忘了——因为美得如此强烈，所以泯灭掉造次之心。

走得累了,去玄妙观歇一会。阳光刺得睁不开眼。久坐,快要睡过去。三三两两银杏叶落下,奢靡的黄。

夜里,打的去车站。师傅叮嘱:小心点,不要把东西忘在车上了。

火车晚点,众声喧哗的候车厅,利用三个小时,读完钟鸣《徒步者随录》。

卢梭言:筷子直指食物。我的旅行,直指苏州。

青阳记

车过铜陵长江大桥,就是江南地境了。一种特有的气韵扑面来,具体也说不清什么,总之与北方比,增了一份鲜妍灵动。铺天盖地的绿,令人身心俱悦。

一次次回皖南,总有一份马放南山云归天外的归属感,浑身僵硬的骨骼一霎时苏醒过来了,异乎寻常的自如舒豁。湿润簇新的气息,与童年自无别样。

仲夏的熏风下,稻秧在水田里动词一样噗噗噗地高了密了翠了,天尽头也是流动着的绿。田畈里,老人挥一把竹扫帚,将水田扫得平滑白亮,大约做晚稻育苗的秧床吧。戴着草帽的老人低头做这些农活,匠心独运,安静而专注,天地都为他浑浑然。

这就是诗词歌赋里的江南,灵动,幽寂,白鹭翩然。

黄昏,抵达小城青阳。在中国,凡名字里带"阳"字、"州"字的,皆是古城,内蕴深厚,自是不必提。

春为"青阳",有朗朗之气,也可解为"青山之阳"。

饭罢,众人参观博物馆,兼听青阳腔。我因体力不支,早早回酒店歇息。孰料当晚剧目竟是《周郎顾》,颇为后悔。

一

夜宿陵阳，一梦初醒，方凌晨三点，天黑如墨，山风盈窗。

忽闻布谷声……由远及近，复向远而去，俄顷，迂回复来，如溪声不绝，叫人暂时忘却失眠痛苦，直与天地同在。

五点即起，山风吹在身上，有一点点凉意，去街头小店，一碗白粥，两块卤豆干。小店腌萝卜丁尤其可口，酸脆无渣，赛似白梨。人的味蕾相当奇特，童年吃的什么，一辈子忘不了，似被深刻地困住，一生都活在童年的密林，永远走不出。一边喝粥，一边听布谷声，悠悠远远——但闻叫声，始终不见鸟影。不曾亲眼见过布谷长相，它是一种先知，更是一种神启，永远飞在高处，不居人间。

燕子在屋檐下翻飞盘旋，朝霞将天边染得一道道橘红，像极乡下人办喜事满壁挂的帐幔。乳燕学飞的场景，尤为童年司空见惯，中途隔了三十余年，仿佛初见，心里莫名激动，所为何来呢？一样也说不清。

众人尚在梦中，闲着也是闲着，往菜市去。菜市颇小，许多卖鱼人。翘嘴鲌一尺来长，鳞白眼乌；昂刺鱼遍身锈黄，芒刺乍立；一群野鳜鱼是活的，嘴巴张合有度，通身黑白斑纹，斤把重，散发淡淡腥气，不比养殖鱼气味那样刺鼻。

蹲鱼摊前，与老人闲话，忽然想起外公了，他但凡搞点

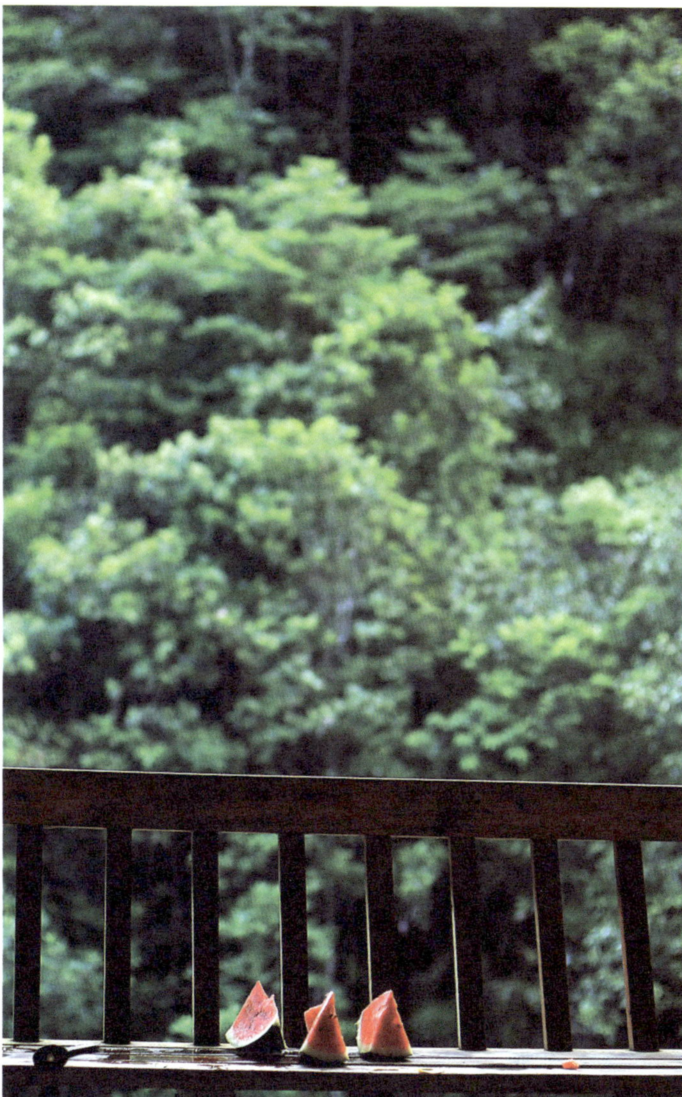

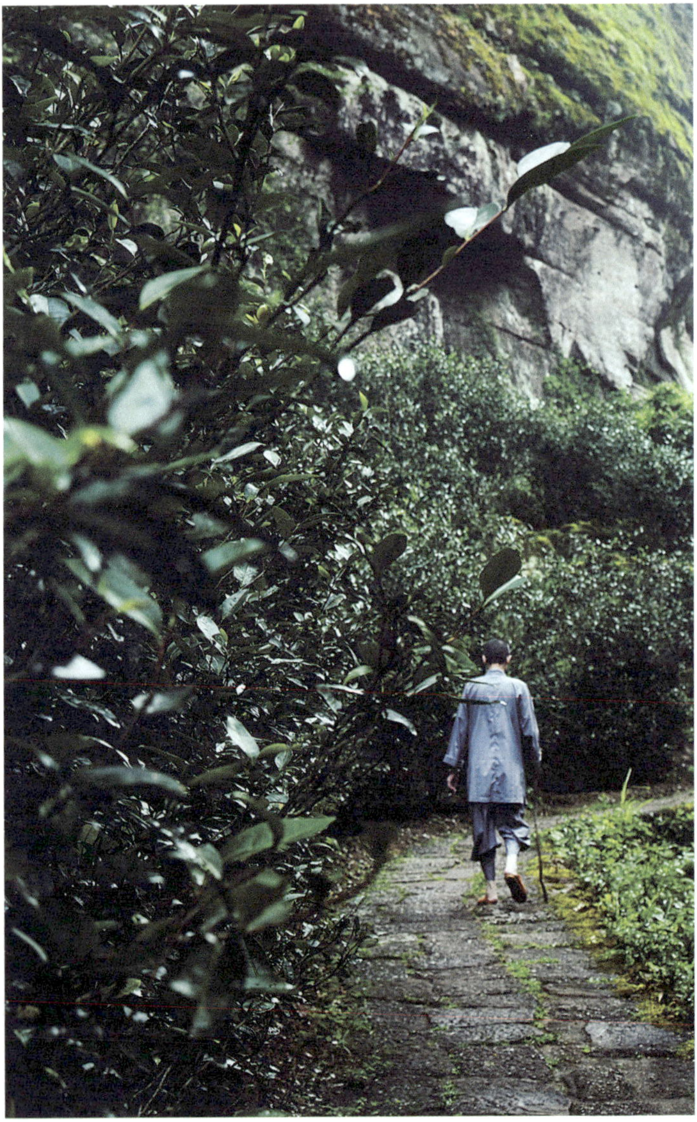

鱼虾，也拎去街市售卖——无数个淡淡鱼腥气的清晨，重新复活，亲切而又心悸。见我一个劲夸赞翘嘴鲌肥美，老人用刀将鱼背脊剖开，说：你买一斤盐来，我把你腌腌，回家也不会坏。

思忖接下来的行程还要访寺，若带着荤腥，总有不洁感，谢绝了老人好意。买两斤带壳野茭白，到哪里都拎着，颇为寒酸，也不在乎。回家，仔细剥开，手指般粗细，可当水果生食，脆而甜。

在陵阳，吃到荞麦粑粑。荞麦这种庄稼，天生具备哲学气质，一生都是二元对立的：红秆子，绿叶子，开白花，结黑籽，磨白粉，成黑粑，微苦。陵阳一品锅，也可口。一锅上桌，陶钵的炉膛里，微火烁烁，分外古气。一点点吃，不要急，烫，入嘴前，吹一吹，依次粉丝、黄花菜、干豆角、肉圆子等。皖南嘛，臭鳜鱼自是少不了的。更绝味的，是杀猪汤，无非猪血、猪肝、猪心、猪舌、几块大骨熬制而成，滋味殊异，无有餍足。

江南人心思细腻，纵然最平凡的食材，也能烹制得如此味美。皖南人餐桌上，一律汤汤水水的，滋润、舒豁，并非大油重荤，就是这清淡的汤水，一日日滋养了人的心性，清明恬淡，又百折婉转。

端阳刚过，遍布栀子花香气。山脚黝黑，散个步吧。一弯瘦月，在山尖，宛如一缕槐花，洁白细淡。黝黑的夜幕上，没有一粒星子。

苏轼言：何夜无月，何处无竹柏。九华山地区的月，到底不同，神性与凡性皆有。

屈原第二次流放地，便是陵阳。陵阳在商代便是重地，春秋时即为吴越名邑。

黄昏，伫立古桥头，望一河夏水往远方去了，怎不想起悲苦哀切的屈原？他在《九章·哀郢》里写：

当陵阳之焉至兮，淼南渡之焉如？……心不怡之长久兮，忧与愁兮其相接。江与夏不可涉……

桥是石桥，承接千年风雨，巍然不动。双手攀于石栏上，听村妇棒槌声声，也不知惆怅何来。

河边有一古树，婆娑繁茂，郁郁累累。众人皆仰头，杂七杂八议论它的年岁。偶有风来，树把叶子摇摇，缄默不语。忽然有悟，人的寿命不长，或许话多之故，说话是非常伤元气的事情。如此，佛界才有"止语"一说，尤其进食不能讲话，恭敬地捧了碗，一口一口悄悄吞咽，旨在培养人的内蕴。高僧大德，长久打坐于蒲团，树一样泰然自若，念珠被他的气韵沁得光滑。这大约是止语的力量。

二

最后一日，去往九华后山的翠峰。

群山绵延，蜿蜒的山路奇险丛生，心下惴惴。

终于到了，过一垭口，再步行两百米，两山间忽显一座广阔的峡谷，翠峰寺坐落于此。四周松竹苍翠，映衬得古寺更加荒疏枯寂。人众，一直心神不宁。殿里有诵经声，梵音渺渺里，隐隐约约间，总能感受到众生皆苦的悲意，一直听不得，急忙退下。

诵经声，总是充满着哀意，无所依，无所靠，样样都是那么的空旷苍凉，仿佛生命里一切伤心事，一一来到目前。

这座古寺，古旧，残颓，群山间一个孤单的存在。给我的感觉，异常复杂，说不好为什么。寺前，辟几块菜园，一畦药芹，香气袅然；四五棵南瓜，藤叶葳蕤。

去灶间探看，一块巨石似斧劈，立于灶间，半在屋内，半在屋外。师父们张罗着午餐，桌上摆南瓜藤、绿豆芽、芡实秆各一碟，一人一小碗水豆腐汤。一日日寡瘦清淡地吃下来，师父们个个白皙圆满。唯独年轻的住持那么清瘦，他忍饿应酬众人，丝毫不见焦躁情绪，云淡风轻地，谈了近一小时。众人吃吃喝喝，兴尽而返。年轻的他站在寺前照壁旁恭送。平素一贯难开口的我，确乎主动与他道声再见……

翠峰寺很老了，有千年历史。虚云曾居此三年，顿悟而去。寺前照壁有他临终遗笔——戒。

　　走在长长石阶上，两旁皆茶园。往后，也不知可有机缘重来？一个人长居几日，最好在白雪皑皑的寒冬。

　　走过垭口，古寺转眼不见。如此，回头看了又看。

　　实则，古寺是拒人的。

　　隔老远，望着那大大的"戒"字，非常羞愧——吃掉一根黄瓜，又吃一只西红柿。听闻山西师父带来的薄饼香脆，再吃一块。师父不停端出刚出锅的花卷、馒头，忍住。可还是掐了四分之一红枣馒头，丢在嘴里……去休息室，同事指着果盘：吃水果。发现果盘底层有一只香梨，情不自禁把手伸过去。一边看墙上挂着的《罗汉渡海图》，一边将梨子啃食殆尽。告辞，同事拿一颗橙，刚将皮剥开，我的手又伸过去了……

　　好恨自己，原本准备了一颗清修耐苦之心，却偏偏陷溺于口腹之欲。路旁的一年蓬正默默绽放，白瓣黄蕊，朴素动人。

　　"戒"应是一个人给予自己的铁律。

　　"戒"也是放下，不必纠缠。小说迟迟动不了笔，无比焦躁。冯杰老师是个通古之人，溪水潺潺间，他操着一口河南话娓娓道来：你们皖地灵山秀水，非常适合随笔小品。

我们河南地处荒凉中原，天生就出小说家……

想想也对，地理格局不正决定了人的格局吗？就这么，一下找着了台阶下。

山间，随时遇见溪流，老玉一般的溪水，叮叮淙淙，潺潺缓缓。无论黄昏日暮，无论晨曦未开，处处溪声。投身任何一种文学样式，我们不都在追求一种文本的极致吗？倘若一个人也能将随笔小品写得如同溪声那么纹理自然，不也挺好吗？何必患得患失，徒增无谓烦恼？唐宋八大家怎样来的？正是诗文并重啊——他们除了擅长诗歌以外，小品、文论同样不可或缺。曾巩在诗歌上的名气稍微小些，可是，他的小品文还被人评为"如泽波春涨"呢。

三

公元754年，青阳知县盛邀李白来青阳，携当地隐士共游九子山（后改九华山）。

一日，车行田畈，忽见一块提示牌，离桃花潭六十公里，惊一下，青阳距泾县如此之近？李白于皖南盘桓多年，三访青阳，留诗八首。可是，当今的青阳被九华山的名气遮蔽了，许多人晓得这座赫赫名山，却不知位于青阳境内。

其间，我们行过许多古村落，看过无数古祠堂。中国的祠堂大抵与西方的教堂相若,都是有所信的场所。在九华后山神龙谷,意外遇见多座土地庙,皆为粗石垒成,朴素简淡。其中一座小庙旁,站着一棵瘦树,名曰君迁子,诗性盎然。这小小土地庙,仿佛一个永久定格的仪式,深藏中国人对于土地的敬畏之心。

源远流长的农耕文明始终活在中国乡间,到底诗心不死。童年的我们,以为自己念了几年书了,当听着父辈们言及土地公公,总是一脸嫌弃。当下如梦初醒,人有所畏惧,才能不逾矩。不逾矩,不就是有所为有所不为吗?你看,转来绕去的,又回到了老庄哲学,回到了生命本源。那么,人并非单纯地白花花地老去的,总是有所悟,有所厚重了。

四

一趟青阳行,因体力不支,错过许多美景。气温骤升,呼吸颇为困难,惧怕中暑,最后半日放弃上山,错过了一种美丽的树——金钱松。它结出的果实酷似铜钱,故名之。同事拍下,一串串的青绿,惹人怜爱。

众人上山而去,我独对一窗幽竹发呆——何以山间鸟鸣予人清幽之感,而城里鸟鸣总是惹人烦躁,直如滚水浇了一遍又一遍,无处可逃。大约城里树少楼多,缺了回荡之音,所以予人燥气，而山间多树，鸟鸣被林下之风过滤一遍，有了灵性，所谓鸟鸣山更幽。午间闷热难耐，坐在屋内看一窗修竹幽篁，窗是木窗，一格格分布，有古气寂气，恰好被竹子的清气熏一熏，分外灵动了，暑气顿消。

凌晨五点，为百鸟唤醒，起来访山。空气里飘荡着蕨类植物散发的甜腥气，醒神而愉悦。山道旁，桐树开始挂果，小青果一串串，齐聚枝头，青涩而光滑；桃树上，桃子果肉已然腐烂，唯剩桃核，灰苍苍的……忽闻溪声，隐藏于茂密的草丛。晨曦未开，溪声与白日比，自是两样，清脆醒耳，仿佛一卷尚未打开的贝叶经，叫你闻得见香气，却迟迟不见真容，有一种神秘在，更令人迫不及待了，可是又未到打开之时，怎么办呢？急也无用，索性将一颗心放下，慢慢等。坐在一块圆石上，欣赏溪声，宛如等待一卷经书的到来，最好是《六祖坛经》，清白，易懂。

山中石凉，不宜久坐。又往别处去，忽见七座神塔。此时，忽闻林间鸟鸣，非常凄厉，令人惴惴然，转而一想，我人端品正，生平不做亏心事，从不害人，怕什么呢？自我暗示一番，心上自是坦然，便也不怕了。站在塔前，拜了拜——人在心里，有所敬畏，总是好的。

继续往山上去，远远看见一间茅棚，踏上一条悠长的砖石路，走近了，看清墙上一块铁牌子。该茅棚有些来历，始建于民国初期。可惜门上一把锁，师父想必远行去了。门上插一把艾，许是走得不多久。屋旁若干菜地，两畦花生苗，一畦甘蓝，剩下的辣椒、茄子等，各样都长得好。

一棵枣树下，伫立久之。彼时，霞光万丈，我似被镀了一个奇异的金身。四周密林里，板栗树正吐出长长花絮，毛刺刺的小果子落了一地。

访师父未遇，惆怅而退。

五

往山下去，遇着几只鸡，一律赤金的喙与足。过小道时，偶遇一位老人，一见如故。她拎了一桶豆角自菜地回。决定去她家坐坐。

正房披厦间，两只猫妈妈生了八只小猫，见生人来，忽地把自己藏起来。

老人独居，七十多岁了，儿女均在城里。有福气的她，一辈子居在九华山莲花峰下——还有什么地方比此地更适宜居住的呢？特别懂得老人的坚持。

一村七八户人家，陆续迁走，只留她一人。老人收下的荞麦，黑金一样堆在竹篓里，伸手抓一把，滑溜溜地，雨水一般自指缝间漏尽；新蒜扎成一把把，悬挂于屋檐下，白得耀眼；她的内心一定是非常丰富的，一日日地，过得从容。我坐在矮凳上晒背，她摘豆角，絮话漫漫，俨然亲戚。

抬头即见青山，晨风纷纷拂拂。老人堂屋桌上水杯里两朵栀子花，香气纷纷扰扰，世间的日子就是这样的清虚美好。

原来，一个人，可以独自活成一片森林一座高山的。

用罢早餐，众人又往前山去了。因牵挂孩子，不得不提前回庐。疾驰的车里，回头把莲花峰看了又看。这青翠蓊郁的山，犹如盘桓心间的一个个纯洁念头，一直在着。

贺州之春

一

十余年前，经桂林，去柳州出差，走过许多村寨，至今难忘。一个黄昏，夕光笼罩着群山，一群侗族妇女站在村口，以歌声迎接我们。

侗族大歌的旋律，苍凉，悠扬，热烈，一下将心弦拨动，落下泪来。侗族大歌里，有一种人世的庄严，犹如古寺吟经，木鱼声声里，佛的慈悲将你一生的失去逐一寻觅回来，并给予深深慰藉。这次回来的车上，读一本书，忽见海子写给母亲的几句诗：

妈妈又坐在家乡的矮凳子上想我
那一只凳子仿佛是我积雪的屋顶……

轰隆一声，心上仿佛有什么东西碎裂掉，一下懂得了海子无边的精神困厄，不禁湿了眼角。

这次去的是桂东贺州，小城未建机场，须自广州或桂林中转。有些县之间至今未通高速，逼仄的二级公路上，两辆相向的车不能同时错身。在中国，这样交通不便的荒僻之地，恰恰拥有着未被污染的青绿山水，一派远古的静气，以及贴近自然的朴素民风，与巴马一样，贺州作为长寿之乡，其森林覆盖率高极，空气温润洁净。

GDP 不多的地方，才是富裕之地，而深居高度发达的一二线城市里，开门关窗间，皆是雾霾，生命最本质的需求——水、空气、蓝天，逐一被污染殆尽，何尝不是文明的倒退？

贺州距桂林五十分钟车程，有着同样的喀斯特地貌。山，瘦而秀，盆景一样，一路看不尽。平原上，遍布大面积油菜，黄金一样的花朵璀璨万端，仿佛众神酒至微醺，一路奢靡地铺过千里万里，看得人失神。目光游离中，路边静静站着一株瘦桃树，满冠花朵，那一星星粉红，让你一激灵，猛然醒神，车开得远了，还是回头看了又看。这一树桃花，犹如广袤平原上的一个诗眼，有月色的温柔细致，让人下意识摸摸胸口，嗯，诗心尚在，眼前一忽儿明亮起来。

三月的风将高大的桉树吹得东摇西颠，青灰色树干直插天际。天上游走着灰云，阳光漏下一线，贴印于脸庞，微温。湿热的气候，致使滴水观音的叶子舒展得巨大无边，叫人联想起林白的小说气质，充满了神秘的巫气。生命力异常旺盛的南方之南，纵然一个弱女子，凭借着温暖湿热，也可扶摇上天。

在福溪村，我们看见一群妇女在舞龙。瘦黑而飒爽的她们，共举一条粗壮的黄龙驾轻就熟，随着锣鼓的韵律，舞了那么久，丝毫不显疲态。

二

古村福溪，家家门前，流水潺潺。水中生有一种叫作青荇的水草，纤长的身姿，柔如春风，软似耳语，仿佛《诗经》里出来的："参差荇菜，左右流之。"灰旧而原始的，门前流水屋后花开的村落，静如上古……

村口，老人坐在矮凳上做针线，几把野菜陪伴着她。枸杞头，马兰头，野蒜，两块钱一把，随要随取。刚挖的黄泥笋，脆嫩鲜洁，忍不住摸摸，犹如孩子拿一双小手轻触妈妈的发，一样藏着爱惜在里头。到底有古风的地方，价格公道……

这些天，走过一座座村落，一个个古镇，所感受到的真与美，让一颗蒙尘焦灼的心逐渐柔软。

岔山村坐落于潇贺古道，毗邻湖南永州。跨一道古隘口，便是湖南地界了。已是午后，执意在古道上走了一段，方回客栈用餐。

站在永州地界，四面青山隐隐，野草繁茂，隔着虚空，也算是致敬了柳子厚先生。他的生命在一次次的坷坎跌宕里浮沉升华，纵然早逝，也无损于诗文的不朽。永州之后，他又被贬柳州，写下《与浩初上人同看山寄京华亲故》：

海畔尖山似剑芒，秋来处处割愁肠。
若为化得身千亿，散上峰头望故乡。

光阴流转，岁月不回。短短四句，一次次读，均滋味不同。而今，中年忽至，愈来愈体悟出其间隐藏的沉痛……有人言，他若学会转弯，也不至于活得如此苦闷忧心。这话说得多么轻薄无趣啊。一个自洁真挚之人，去哪里转圜退守？年近不惑，披沥的风雨多了，方领略生命的痛处。无论庾子山的赋，抑或柳子厚的诗，无一不是哀不能言。

三

去黄姚古镇。

当日春分，恰逢农历二月十五。与同伴外出散步……一轮明月，大如玉盘，黄若琥珀，自酒壶山尖升起，让人心里一荡,伫望久之。月光尽量将地上人的影子拉瘦拉长,走几步,总要抬头瞻望——这样美的月色,自是初见,一生难忘。月光并非橘红,也非橘黄,是古时的茅屋,点了一盏灯,赶夜路的人隔着窗纸望见的那种幽润,温暖,慰藉,内心不再忧惧……这样的山影月色,直叫人想起《诗经》里人情物意的美好,并非陌路相逢的桃笑李妍,而是堂堂一日将尽,终于迎来灵魂上广大无边的安宁静谧。

月色下来来去去,舍不得回酒店,生命里许多遗憾或错失,仿佛沉渣泛起。苏轼当年去承天寺造访张怀民同游的那个月夜,可曾有这样的圆满?近在目前,却远在天涯。

黄姚的月色,笼罩着我,笼罩着小镇,安稳而静谧。身旁流水潺潺,鸢尾花在溪边,安静地开着,石上青苔幽深。

于小镇逗留半日,焦躁的性子渐缓渐温,做什么事,都慢下来了,一直纠缠不去的焦灼感,自行消了些,身心渐趋柔软,这大约得益于当地人的沉静眼神给予我的荡涤。

我们一行五六十人,浩浩然过一座石桥,对岸女子早早谦逊地将车停于桥头,礼让我们先行,她端正地坐在车上,手握车把,姿态沉静自适,不失闺秀的娴雅。她眼神里透出的那种天然的沉静,将我深深打动,比一眼新泉还要幽深,这大抵得益于山风月色的淘洗吧。

黄姚的豆豉非常著名。去街上打听一家老字号店铺。

坐在凳上，与老人聊家常，窗外车来人往，灯火明灭，恍惚间似在童年。老人为我现装一瓶腌木瓜丝，一瓶豆豉酱，她用铁勺使劲压实，快满溢出了，继续添，继续压，不称重的。她可真舍得。

老人娓娓道来，家族制作豆豉，延续了七代，孙辈都成了非遗传人，谦卑里有骄傲。她一遍遍诚挚邀请：明早你来我家吃豆豉米粉。那一刻，似活在远古的魏晋。

这些年去过许多地方，遇见过各色各样的人，他们人性里的那份真与善，始终未曾泯灭，叫人加倍珍惜。

白日里，经过一家小店，门楣上展一横幅，上书：不知道为什么，就是想拉一条横幅。众人停驻店前，哑然失笑。小店主人情性里的那份天真无邪，自然流泻，如清泉而出。

小镇完整保存着明清时期的老建筑，石墙、青砖、黛瓦，连同斑驳的爬墙虎，似都是旧时代过来的。徜徉其中，处处有古老的气息。踏入青石板小巷，一股润凉的气韵不请自来，顿时遍布整个身心；趴在门缝间的柴犬，眼神安详，惹你就势坐下，陪它一起望天望地……

咫尺处，溪流潺潺缓缓。这样一泓洁净的水一直流着，默默流了许多年，人世变迁，山河异色，都与它们无关。这里唯有山风月色，看着我们来，看着我们走。

日日与溪为伴，什么也不想，早晨去菜地拔几棵芥菜回家烀烀，粗茶淡饭，才是生命的真谛。他们拥有的一定比我们多，他们的内心一定比我们的丰盈充实。

坐在溪边榕树下歇息，忽然想起汪曾祺老先生的一句白描：斑鸠在叫，蚕豆花开得紫多多的。以前总不明白，这句好在哪里，眼前忽有顿悟，汪曾祺的好，好在自然。贴着自然写。而古镇的好，何尝不是好在自然？

四

贺州三月的田畈里，似只肯生长芋头、荸荠。

当地芋头，与荔浦芋头相若，个大，口感粉糯，似板栗。他们擅做芋头扣肉。原本朴拙的一道菜，甫一入嘴，何等惊艳，被荤油浸透的芋头，真是天下绝一味。将芋头切成长方形大块，大约一厘米厚度，一块芋头夹一块五花肉，上笼屉蒸透，倒扣于碗。趁热吃，凉了香味大减。当地人称之为香芋扣肉。

盐焗鸡也是无与伦比的。这里的鸡，整日游荡于溪涧、田畈，奔跑、打闹，饿吃草虫，渴饮山泉，回家还有玉米、稻谷犒劳，活得天然。囫囵一只整鸡，滚水里焯烫八九分熟，斩成一块块，上桌，连蘸料也多余，净口吃，入嘴后历经四个复调：韧而紧实，嚼之不柴，后有余甘，齿颊留香。鸡皮紧绷而灿黄，脆而无油，毫不腻口。

一日，于茶园食堂午餐，忽然，窗外哗啦一下阳光倾泻，小鸟栖于枝头嘀咕……叫人呆呆望着近旁一棵几百岁的拐枣树，在心上叹口气——这平凡又珍贵的人世。

当地有一网红小食梭子粑粑。春三月，田野里遍布野艾草，掐嫩头，洗净，揉出绿汁，备用；糯米浸泡一宿，蒸熟，倒入石臼，以木棰捣至糊状，将野艾汁掺入，揉匀；以豆干丁、肉糜、笋丁作馅，包起，形似梭子。可凉吃，可油炸。

一日，路过福溪古村，正碰上一位大婶从家里端出一锅糯米饭，她大方地邀请我们品尝。我们也不客气，伸手便抓，一百度的烫，一股奇异的米香直冲肺腑，直往嘴里塞——天呐，世间为何有这么可口的糯米饭？置身青山绿水之地，人慢慢地，也都被还原出赤子天性，做什么事，都自然，不忸怩，丝毫没有难为情。

贺州地区饮食清淡，酿菜成为主打菜系，达百余种之多。

作为长寿之乡，除了水好，空气好，可能与当地的清淡饮食有关。

酿菜，一律清蒸，少油盐，不烹炸，完好的保存了食物的营养。在这里，仿佛什么东西都可做成酿菜：藕酿、笋酿、豆腐酿、苦瓜酿、萝卜酿、螺蛳酿、瓜花酿。荤素搭配，营养均衡——比如将苦瓜的瓤掏空，塞上肉糜，切成寸节，隔水蒸。

倘若初夏,是可以吃到南瓜花酿的。花萼里塞满肉糜,蒸熟,复入锅,高汤烩之,盛盘前勾薄芡……唇齿间遍布原野的清气,花朵的芬芳。

五

车子整日盘旋于群山间。一次,过一小村落,透过车窗,远远看见一位老者挑了一担粪,闲闲走在田埂上,春风吹着他青灰的裰子翩翩,令人悸动……老人的这种恬淡自闲,让人默默回味良久。

山腰一株株野杏树,细淡地开着花。春风如酥,吹着杏花,吹着我,吹着人世……这世间的日子,犹如神话里"瑶池桃树,两千年开花,三千年结桃"那样缓慢。

清朗朗的一日过去了。

那村前流水山间开花的静气,始终在我心上。

在贺州,似乎将前半生的青苔、碧藓悉数看尽。溪边,树上,檐下,墙缝处,青瓦间……无一处不有它们的身影,有女性的空翠灵动,让人怜惜。眼界里,处处古木参天,榕樟居多,也有几棵上百岁的甜槠、栲树,它们太老了,树干上青苔历历,满腹高古寂气。

姑婆山上，瀑布如练，垂挂而下，飞溅石上，烟岚纵横，时雨时晴。

游山归来，于山下酒坊，品尝糯米酒、青梅酒、捻子酒；复去茶坊品茗，高山乌龙、明前绿……夜深方归，一路颠簸，近酒店，胃囊翻涌，倾覆而出，肉体的痛苦过后，心上反而一派清明，如若新生，算不算去山里寻鲜，回来，笋也有了，红杜鹃也折了一筐？吐了，也不碍事的。

黄昏，溪边遇灰鹅两只，气质如南雁，颇有仙骨。见众人来，齐齐把修长脖颈伸伸缩缩，"哦嘎哦嘎"地问好。好生喜悦，不免心旌摇曳……这两只灰鹅，是两个菩萨，一路并肩作伴，令檐下的春风有了谦逊之意，欣欣然，复妍妍然。

六

历两广、两湖，回合肥的雨夜里，车停无数小站，过汨罗，又过赤壁——屈原投水的小城，苏轼到过的小城。窗外，灯火茫茫……

巨大雨点拍打车窗，列车疾驰于江汉平原，无边夜色，以诗赠我……

几曾湖上不经过

去千岛湖,途经杭州,停留一夜。晚餐罢,众人同往西湖。

当夜,农历十五,平湖之上,未见秋月,颇为遗憾。遥遥地,可见雷峰塔。西湖仿佛意有所寓,临了却发之于沉默。深秋的风吹过,颇有凉意,把衣领紧紧,有一些惆怅,纷扰不去。曲苑的荷依旧绿翠,风过去,香气丝丝缕缕,薄得很,纱巾一样的薄。隐隐有啸声来,与小孤山、满觉陇失之交臂。

西湖的夜是稀薄的,薄如蝉翼,让人无力纵横。

众人在白堤、断桥,来来回回走至凌晨,方回酒店。有一些意犹未尽的东西,在内心翻涌折叠。

翌日,依然阴天,去往千岛湖百余公里的高速路旁,遍植栾树,正值挂果期,树端蒴果,大多赭红,其余的,皆浅绛、赭青,如士兵列阵,将我们一路送至壮美辽阔的秋色里。细细碎碎的美,也是可以如画的。快要盹过去,间或一睁眼,车过富春江,一激灵醒神过来——路过黄公望隐居地,严子陵钓鱼台。

透过车窗四顾,满目青山交绿叠翠,云深,雾白,岚清,江水东流淙淙。犹如来到晚春,丰子恺有诗:黄梅时节绿成荫,贪看青山坐小亭。

一路青山迢遥,苍绿纷披,松竹杂糅其间,仿佛古诗的平仄,富于律动,等着谁去填词。时雨时歇,群山被白雾云岚环绕,一如仙境。较之晴日的山,雨天的山,颇可耐看,是剑走偏锋,更是灵性乍显的曲折怪才。浙江这个省份地理环境美,山水互存互倚,别有金光异彩。古往今来,自是大家辈出——自然之美与文化底蕴向来是相辅相成的。

一

千岛湖近在眼前。

湖水一忽儿荡开,仿佛天上倾盆而下的翡翠璎珞,晶莹剔透。那种蓝,是巍峨的蓝,珍贵而奢靡,辞典里所有形容词在它面前,不免失色。那种蓝,恍如神启,近似于灵魂的质地。

湖中有岛,千余座,气象各不同,一律怜俜可爱。四面青山绵延,天上褐灰色云团走走停停。秋风拂动,岸边遍布芦荻、巴茅……秋蓼、木芙蓉正值花期。随便站在哪个角度看,这眼前山水格局,活脱脱一幅幅黄公望的画,不是《富春山居图》,便是《溪山雨意图》……

阴天的山水,最起画意。阴天的气质是旧的,黄公望一样的老旧，保持住了一份自元以来不可追的内敛厚重。千岛湖的山水也是旧的，光阴荏苒，四季更迭里，旧画一样铺过来，朝它轻轻吹一口气，仿佛又都风烟俱在了。

阴天是一个历练风霜的人，慢慢上了年纪，总归给人一种酒酿般醇厚绵甜的口感。

说起口感，千岛湖的水是可以直接入口的，超市里售卖的某品牌矿泉水，便取自千岛湖。

工业文明兴起的当下，江河湖海已然污染得不成样子。突然来到千岛湖，遇见这么一大滩清澈脱俗的好水，直抵稀世宝珍，叫人倍感珍视。

午后游湖，风急，浪高，船身大幅度摇晃，左右，左右，左左，右右，左左左，右右右……富于节律感。将整个身体搁在椅上，紧随船身摇摆的节律，颇似睡在婴儿期摇篮里，放松久了，几欲睡去，迷迷蒙蒙里，宁愿化身一棵蓼草，一本薄书，一首短诗，与湖水共处。彼时，众人复归于婴儿，在母亲的羊水里晃来荡去，时间仿佛停驻，唯余世间的寂静，一直荡到永生里……湖水犹如一床钴蓝色织锦被，温柔地裹住我们，天上的灰云急急赶来，一起看护着我们。

宋人史梅溪有云：几曾湖上不经过？看花南陌醉，驻马翠楼歌。

填这首《临江仙》时的史梅溪，心境似乎略有不甘，刻意强调自己作为一个有身份的人，对于昔日杭州城的富贵荣华，也是见识过一番的——他依然留恋西湖的奢华过往。这一点，史梅溪比不上小辈黄公望了，同样历经过"几曾湖上不经过"的繁华，黄公望早早悟出，人是要往内心活的，于是择山溪之地隐居起来，然后，拥有了《富春山居图》的不朽。

我们这些久居都市的凡人，为何热爱徜徉山水？不过是期冀着灵魂的一次暂歇，纵然做不成黄公望，也要时时懂得后退才好，退至山水之间，将一颗心养好。到湖边，放松下来，将心间的芜草杂念锄掉，腾出空来，装些清风明月。

一个人唯有进退自如，方显不俗。

在吾乡，割完最后一茬晚稻，农闲季开始了。整个漫长的冬季，农田皆闲置于霜雪中，抑或撒一些紫云英种子，让田地自修自养。历经春播夏长秋收三季，田地太累，养分几乎被庄稼耗尽，必须腾出漫长的寒冬，让天地自修。

我们这样的人，一日日历经寒暑四季，何尝不与乡下的田地一样累？因为压力，难免焦虑、惶惑、心悸……为何不晓得去向田地学习，将自己晾在大自然中，将负累清零。

冬季的田间可以播种紫云英，我们何尝不可以在心上种点玫瑰？

什么叫种玫瑰？种玫瑰便是徜徉山水，修复自己。

王维有诗：人闲桂花落，夜静春山空。年轻时，一直以为"夜静春山空"这句，不甚准确，山不可能是空的呀，有树，有杂草，有兽，有鸟，怎能是空的呢？随着年岁痴长，方才有悟，王维这句分明是一种心境。一颗心处于静修状态，眼内的一切，终是空空如也。这便是心眼致衡。只有将杂念纷扰卸下，他的精神世界才会呈现出静和空。

我们热爱王维，是因为，他总是以迂回之笔，悉数过滤掉生命中的浊气。空，在王维的世界里，并非一无所有，而是应有尽有。这与苏轼所提倡的"处晦而观明"，大抵是一致的。

二

湖里浪荡一下午，天色近黄昏。风吹脸上，凉意犹深，抱着胳膊往饭店钻。店内照壁前，一排宽阔的灶台内，无数泥炉内，栗炭正红，哔剥作响，赭灰色瓦罐稳坐炉上，二三十只之多。罐口封的是粗竹片做的盖子，好奇心驱使，一只只揭开，里面依次炖着蕨菜、笋条、老豆腐、红烧肉……咕噜咕噜，白汽氤氲，热泡蹿跳，让人恍恍然一脚踏进了深冬，屋外大雪飘飞，屋内炉火正红。

众多瓦罐，一只只上了桌，众人饮酒絮话。饭罢，出得门来,夜色已深。

回酒店,洗漱完毕,睡意潦草得很,摸出沈从文《长河》——无论作者抑或读者,双双均来自河流氤氲之地,读起来,颇为共鸣。依在高枕上,被沈先生这常德府迂缓的调子牵引着走,体味着世间小儿女的纯粹天真。群山之外,当真是天空无云处一片深青……慢慢地,也能睡过去。

醒来,白露未晞,晨曦遍野,落地窗前看湖——湖与昨日比,又是两样了。天上灰云退了些,露出脆薄的橘光,秋风不知去向,湖面无涟漪,如人处于打坐冥想的静态里,望之寂然。湖水的颜色,自昨天的钴蓝变成了青绿,仿佛一盘甜口的炸葡萄,叫人忍不住亲近。偶尔,小舟一叶,滑过湖面,涟漪呈人字形,一圈一圈,条理分明,往广阔的外围散去。这样的青色涟漪,仿佛一条条鱼尾纹,来自风霜扑面的人,虽是生命的秋意,也不碍眼,是岁月磨出的底蕴,到底不难看。

沿湖,村庄无数,日日年年枕着这一湖好水,真是好福气。山野坡地间,红薯藤尚绿,晚稻已黄。沿途波斯菊豁出命似的开着,仿佛歌剧进入高潮。一入了深秋,波斯菊怎么也管不住自己了。最热烈的,要数黄豆地,黄叶丛丛簇簇,针刺般绚烂。秋风在黄豆地里饱蘸亮烈的橙色,写出来的书法,笔笔都是中锋;萝卜地淡淡漠漠,始终葱绿秀逸,犹如不会吃烈酒的人勉强喝些醪糟，甜是甜，到底温软了些，不比白酒直扑肝肠的热烈。

最后一站，湖畔下姜村。每家门前，开着鸡冠花，汹涌的紫红色，几乎淌出血滴子来。秋风一日凉似一日，鸡冠花那些繁密的花蕊挤在一起，仿佛拥抱取暖。

有户人家门前，摆了一盆雁来红，那种殷红，叫人眼热，北雁南归的晚秋。

鸭子们是不怕冷的，照旧在水里袅袅凫凫。坐在高敞的廊亭，看河水哗然而过。秋风凌空而来，生命里沉淀下的幽约怨悱一齐被吹走了，恍惚间，叫人起了远意。世间一切的繁华绮丽，到底都是虚幻，我们只需此时，此刻，此生。

咫尺处，山中瘦竹修篁，苍翠迎人。

这便是世外吧。

当今中国的世外，唯余老人、孩子，村庄一日迅疾于一日地凋敝，晴耕雨读的农业文明渐渐地远了，淡了。难免荒寒，往昔岁月正一点点被时代的车轮所碾压，逐渐被尘封，想起来都有些惘然，也应了杜甫那句诗：萧条异代不同时。

离开下姜村，天已黑透。一路，有月陪伴，算是为我们送行，是最后一夜。

那么美的天体挂在夜空，虽有寒意，也越发清明。

三

　　千岛湖的水，值得在心里好好养起来，与《诗经》一起，邮寄到下一个朝代去。

　　木心说，写景，要淡，寂。

　　对于世间万物，倘若一味的热烈，便也浅了薄了。是功力不够，更是笔力不逮。日后，理应多去千岛湖，面水，自修。

春去姥山岛

一

浩渺巢湖当中,凭空一座岛屿——姥山岛,有着桃花源一样的宁静。

岛上有小小村落。穿户入巷间,忽然一株泡桐树,浑身上下,未长一片新叶,静静坠着几串紫花。这树,颇有些年纪了,老得褪去所有枝条,徒剩一根骨感铮铮主干,唯余几串紫盈盈的花朵……那一刻,无比恍惚,决定,留村居一夜。

姥山岛四面环水,靠渡船才能到达。

我与孩子寻找民宿,讲好价格,坐在客厅歇息,忽然看见近邻人家圈养了无数公鸡,意味着凌晨三点即打鸣。神经衰弱的我,一听声音便醒。那一刻有悔意,又想乘船离开。可是,任凭如何动员,孩子横竖不走,说是非常喜欢这个小村。

入夜,枕着油菜花的香气,半醒半寐——山风依稀吹来蚕豆花的香气,豌豆花的香气。整夜,我仿佛漂浮于水之上,醒神的花香之中……

黄昏时,散步于山径,众鸟归林,八哥数多,一起停歇于树梢间，叽叽喳喳。

山脚下有一口潭，成千上万只蝌蚪，扭成一股黑绳子，水中蛇行。几株辛夷，依旧在开花，橙黄色系，纤尘不染。这样的几树花，一样有着王维《辛夷坞》里所表达的那些不为人知的寂寞。王维这样的人，注定活在中年的春天，活在四面环水的孤岛，活在鸟鸣山幽的诗歌版图里。

所有游客于五点半前乘最后一班渡船离开，剩下我们一家三口，于山脚下拣拾黄昏。

岛上，有一寺，初建于东晋，历千余年，早已衰落，四处残破不堪。有居士两位，义务帮忙，另一位是烧火的厨师。未见到住持。

会客室里，有一套功夫茶具，用出了包浆，泛着幽光，有些年月了，仿佛刚泡过一壶茶，不便进去打探。寺前天井里，几株牡丹开得犹酣，纯白色系，霏霏微微的，似刚下了一场雨般的清澈，安静宁和；一株紫色的，尚打着花骨朵。

我与孩子静静坐在花阶上，一会儿望望花，一会儿望望天，各自想心思。

这样荒无一人的凋败，清虚，寥落，别有一股古气……

二

寺院东面荒着一片菜园子,烧火的师父拿着镰刀正在除草。问他,怎么不种些菜。他说,平日太忙,劈柴,买菜,做饭,没得时间打理。

寺院平房顶上,耸立一只大烟囱。师父又说,虫子也多,长出的菜都被虫子吃掉了。

一直有疑惑——何以童年的我,跟着妈妈种菜的年月,世间没有那么多虫子?

中国土地的生态系统,何时失控的,不得而知。

用锄头挖了几下地,黝黑肥沃的好土壤,泥土特有的腥气扑面来。菜园边缘有一畦地,白色塑料布覆盖着,是正沤着一堆肥。师父说,是将来栽豆角秧子、南瓜秧子要用的底肥。

孤岛之上,正是心心念念向往之地。四面皆水,荒寂无人,一些些寥落。

寺前两株朴树,静静地活着,几百年了。举目四望,烟波浩渺的湖水,大海一样雾气茫茫,没有边界。真想留下闲居几日,白天种菜,晚间写点东西,一夜一夜,想必睡得香甜。

黄昏,与孩子村里闲逛,又碰见寺里烧火的师父,他拎了一个铁桶,一只黑狗在他面前欢快地引路,它遍身的乌黑里，杂有一些白，上了年岁的一只狗。我们第一次去到寺里，黑狗趴在院落路上晒太阳，眼神温和，见惯陌生人，惯于卸下防备警戒，眼里有佛一样的光芒。

我们对着师父笑笑，他也报之一笑，双双侧身而过。回头看他，敦实的背影，仿佛独自的意味，也是无边的寂寞了。

师父是庐江人，把一生都献给佛了。

不忍问他，有没有儿女。若有儿女，儿女又何以舍得，让父亲孤身一人于僻野之地辛苦生活？

后来，常常想起他来。他一个人伶仃地生活于荒岛，劈柴，洒扫，煮饭，炒菜……没完没了的一日三餐。他说语速慢极，特别结巴。我尊重他，耐心听他叙说一切日常琐碎……那一刻，他可以感受得到一个陌生人对于自己的尊重。我说，你好忙啊，真不容易啊……他笑笑，眼神里仿佛有一点苦涩。

以后有空，我们还带孩子去。晚春以后，天井里那几株白牡丹、紫牡丹，都凋谢了吧。一株蜡梅高过天井围栏，隆冬大雪之际，又是另一番景象了。

晚餐过后，坐在湖边，四野茫茫。潮湿的雾气自湖中升腾，彼时的巢湖，犹如大海般广阔浩渺，叫人说不出话，唯有呆坐至天黑。

三

村里,仿佛未曾有过年轻人,全是老人,以及一口井。

午后,一位老人在井边浣洗,我过去帮她打水。老人言,这里空气好,安静,树叶上没有灰尘。她又说,不像你们城里,我是居不惯,那么多车子,吵死人……

这里家家户户皆平房,整洁干净。每家门前都有几株枇杷树,正值挂果期,郁郁累累,隐在白墙黛瓦间。鱼鳞瓦上生着青草,苍翠柔软……随便坐在石阶上,望天,望水,体内淤积的浊气,仿佛被清空了,鼻腔肺腑里充盈着花草的芬芳馥郁……

入夜,借一盏矿灯,山脚下闲走,天上有弯弯的细月,隐在薄云里,仿佛长了毛,恰便是古诗里的"毛毛月"吧,并非杜甫的藤萝月。天上没有一粒星子,四周漆黑。湖之对岸,灯火点点,白练一样飘拂在天边,离我们很远很远。

真是孤岛,1998年才通电,至今未通自来水。村人吃水用度,均仰仗一口井。

与孩子四处闲走,又遇午后井边洗衣的奶奶,她坐在门口矮凳上嗑瓜子,咫尺之地,便是菜园,一畦青蒜壮硕苍翠,沿边的豌豆花幽幽白白,植物们一齐在春天的黄昏里扑扑生长着。

生长，正是一种默默的陪伴，长情的陪伴，比如寺里那条上了年纪的黑狗，对于烧火师父的陪伴。比如这些蔬菜，对于洗衣老人的陪伴……

人与人的陪伴，终归是短暂的，唯有植物，唯有山水自然，对于人的陪伴才是长久永恒的。

岛上空气清新，虽一夜未眠，翌日，人依然精神。用过早餐，我们又上山了。

整座山都是我们的——苍松高耸，枇杷树郁郁幽幽，茶园苍古……晨雾中的翠竹修篁，比阳光下的更具审美；大片杉木林，一棵棵，可合抱之。春天既萌发生机，也催生衰落——刺状杉木枯枝，一根根落得满地。通往山上的小道旁，草色葳蕤。山幽气清，晨鸟众鸣，八哥最多。八哥，气息长，咏叹调一样，将一句话拉得老长，悦耳动听，叫人无法插嘴。偶尔，朝树巅的它们打一声呼哨，不得了，它们似受到冒犯，一个劲地言说着，频率更加密集。八哥的语速，快而密集，可与西方小说的长句媲美。

渐渐地，岛上陆续来了外人。我们悄悄乘一艘渡轮离开，风大，微微有一些凉意。

行于茫茫湖上，回头看，那座孤岛越来越小，越来越远，我们仿佛不曾去过……

商城记

自合肥西行，过金寨县，出叶集镇，是河南地界了。不及半小时，到了商城。

一

几日间，一直盘桓于大别山中，沿途村庄路旁，槐花披沥直下；近山，杜鹃花一派绚烂之姿，巨石夹缝间，溪边，三三两两，结伴而行。有杜鹃的地方，总有覆盆子的身影，小白花低眉敛目，开在山涧低洼处，野蜜蜂嗡嗡绕绕，自这一朵飞至另一朵……泡桐花端庄肃穆，紫朵累累，隔得遥远，仿佛闻得见浓烈香气。

群山莽莽，青绿滴翠中，隐隐约约一片雪白，是桐花，如雪如瀑，一路走一路看，令人悸动……《乐府诗集》里有《子夜歌》:桐花万里路，连朝语不息。这里的"语"，应作"耳语"解，将万里桐花比作一路耳语，才气冲天又灵性十足。桐花美在鲜妍，花瓣鹅黄，花蕊铁褐色，一串串密布于叶丛，风来，落满一地。

铺满桐花的山径，曲折逶迤，有旧气，像一部部线装书插在群山间……初夏就在眼前了。

深入山中，处处窄溪浅涧，乱石穿流，巨木参天，浓荫蔽日。林间有巨石，坐上去发呆，出神，时间仿佛停滞，耳畔唯有山风日色鸟鸣，难得的清幽之地。人的性子不觉间慢下来，渐渐变得混沌。一颗心静了，万物次第来到目前，是把肉身融入自然天地了，真正物我两忘。

天气晴妍，至黄柏山林场鲍铺大桥旁，问老人借一只小木椅，坐在桥头枫杨树的浓荫里，山风徐徐，溪水在碎石间跳跃，人变得恍惚，痴呆呆的，犹如羡慕隔壁富贵人家办喜事，好日子还在后头吧，不想走。

人在山中，是不值得叙事的，唯有抒情，浑身每一寸肌肤都可以发现美，并与之共鸣。老人在摘蒜，我们絮家常话，絮到了蜂蜜，他说家里有，去冬割下的。闲闲地，老人又提醒一句，蜂蜜不能多吃……默默让你感动一下。老人的血液里依旧流淌着信、义、礼、道，依旧是古中国，历千年风雨不朽的古中国。

二

山中吃饭，门前小木椅上搁两盆洗脸水一条白毛巾。纵然自来水槽近在咫尺，可他们依然不怕繁缛。中原地区，颇有古风。这待客的仪式感，在别处久已失传，而这深山里，依旧遗声在耳，一幅活泼的人间俗世美。

我们一群人行走于田畈，偶遇一位大姐扛着一把短锄走在逼窄的田埂，步态悠闲从容，眼神简静安详，一身粗衣淡服的。质朴正是一种自然的生命形态，仿佛久已失传。另一位大姐同样不慌不急的，走到菜园里，拔几株莴笋，割一把韭菜。她就势坐在田埂上，将韭菜一根一根摘起来，自适自闲。一日日，一年年，春风秋雨，夏雷冬雪的，日子就这么过下来了。或者拎一桶衣物被单，拿一只棒槌，去溪边……三两麻鸭在她的上游戏水，齐齐把头扎入水底淤泥间擒食，一会儿，又露出头来，抖落一身水珠，妇女兀自在一旁浣洗，棒槌声声，击打衣物，群山都听得见。

天上有鹰，正追逐一只灰鸟，盘旋，俯冲，忽上忽下，左右翩飞，惊险跌宕。地上一群人傻站着，一齐看热闹。路旁一棵棵乌桕，在四月的风里庄重无声地长出新叶。

进山的路上，遇见一群牛。两对黄牛夫妇带着两只小牛犊，正在低头啃食青草，见人来，皆抬首打量着我们。正当午，阳光暴烈，它们的眼神清澈沉静。我们也停下脚步，望着它们，它们望着我们，一群人与一群牛对视良久。牛的眼神里除了珍贵的恬淡之色，还有对于天地的茫茫然，相比它们，人本是污浊之物，在所谓的城市文明中浸染久了，生出许多可笑的毛病，虚荣，矫情，浅薄……还整日焦灼难安的，浑浑噩噩一生尽矣，却未曾感受过真正的生命之乐。

山里的牛则大大不同——牛的哲学，除了吃草，便是沉默。

三

在山中，时间走得快。不觉间，我们在群山间盘桓一整日。

近黄昏，路过法眼寺。寺前有一湖，名曰"无念湖"。忽然起了浓雾。

山中气温低，湖对岸一片油菜地，隐隐约约尚在开着花，隔着雾，看不真切，若隐若现的黄花，似歌声，听不分明，恍如梦中。湖中有孤岛，杂树丛生；岸边红花草，开得细淡无声。伫立湖畔，面对世外桃源一般的所在，颇为茫然，不知怎么办好，暗自叹气。紫陌红尘隔得远了，湖畔一畦豌豆花开得洁白。

至法眼寺门前，暮色越发浓郁，尚有许多回城路要赶，这种过寺而不入的遗憾，仿佛眼前展开《平复帖》，虽闻得见泥金题签的香气，却不是你的。法眼寺兴建于唐，毁于一代代风雨沧桑，后，几次重建。唯剩下门前千岁古银杏，及一头断鼻石狮,总归是无奈的虚无怅惘。

抬首仰望暇龄延寿之树,人之生命何其短暂卑微,何以偏偏如此闷闷不乐。人生如梦,为欢几何?不如学学曹丕,享受当下,"策我良马,被我轻裘"。

四

最后一餐,在里罗城村。

我们到得早些,夫妇俩正在厨间忙碌。野生鲫鱼略微煎至两面焦黄,加入滚水,炉火慢炖,一霎时,汤汁乳白,渐渐浮上一层雪白的乳油。另一炉上,坐一罐老鸭汤,水蒸气将木盖顶开一条缝,发出咕噜噜微响,香气窜鼻。土灶偏居一隅,粗朴憨拙,有一份回到遥远童年的亲切。

见我站在炉边,隆重赞美野生鲫鱼汤的不可多得,正忙碌着的大姐慷慨邀请:你先舀碗汤喝喝看。颇不客气,拿一只铜瓢舀上半碗牛乳似的鲫鱼汤,入嘴鲜甜,滚烫地滑过喉咙,直抵胃囊,五脏六腑都伏贴。尚不解馋,再饮半碗老鸭汤,顺势压压鲫鱼汤的火气。

灶洞间火星霹雳,烧的是松枝,遍布松香气息。野芹清碧水灵,刚从水田间拔上来的。苋菜嫩纷纷,同样从地里掐回的。各样绿蔬,洗洗好,切切好,下锅稍微撩一下,即刻装盘，鼻腔里充满簇新的蔬笋气，可珍，可贵。米饭锅巴迷人的焦香，正从另一口大锅里弥漫至整个厨房……

饭罢，独自去田畈散步，蛙鼓阵阵，虫鸣声声。田里的油菜籽像听闻谁的号令，将一米高的粗壮身躯一齐往同一方向倾覆，油菜荚青中泛黄，快要动镰了。泥土下的蚯蚓，吱吱唧唧，一声叠一声叫着。群山蔼蔼，一切都是虚静的，唯有云雾在山腰飘来移去，无所止，无所终。

门前月季花开得正妍，与帮工的大姐闲话。她说，自己家在山的另一边，孩子小，没法出去打工……眉宇间似有失落。我安慰她：千万不要羡慕城市，我们生活在雾霾噪音里，焦虑得整夜睡不踏实。吃的蔬菜是大棚里激素催出的，一点也没有你们这里的可口。这里空气洁净，每天看不尽的青山白云，非常养人……大姐只腼腆笑笑，不作一声。渐渐地，暮霭将我们吞没。

里罗城村的后山，真是僻静之地，溪流淙淙汩汩。人坐溪边石上，一颗心格外静些,俗世的纷扰退得远了。古人言，虫鸣醒耳，实则，溪声亦如是，怎么也听不够，文字形容不出的安宁，似新鸟啾啾，似乳羊咩咩，似幼鹿于星月之夜静静走过草地，更似暮春的鸳鸯处处飞……叫人暂时忘记人世艰难。

五

商城的炖菜历史悠久，还专门成立了一个炖菜协会。餐桌上，一道道炖菜，样样滋润可口，老鸭汤尤甚，炉火温着，喝到末了，也是烫的。鸭汤凉了，腥气重，即便盛夏，也要喝热的。鸭汤里有铁棍山药、枸杞，也搁冬瓜、干菇，或者海带结。久炖致香，汤的鲜美无匹，自不待言。

第一顿晚宴上，有一样小菜——凉拌荆芥，滋味殊异，至今难忘。

新鲜荆芥，热水焯过，晒干。吃它时，温水泡发开，洗净，切碎，拌之香醋、麻油、蒜粒，撒点儿熟芝麻。酒桌上，这道凉菜随油炸花生米等做了头道冷盘。不起眼的小白碟里，墨一般乌黑，团成圆锥型。不经意夹一丝丝，入嘴，石破天惊，先是薄荷般的凉润，继而齿颊生香。

小小一碟凉菜，如此惊艳。用完餐后，嘴里仍有一股似淡若浓的香气。

夏天，合肥这边菜市偶尔也能见到荆芥的身影，向来喜欢闻嗅它特有的药香。做西红柿鸡蛋面时，抓几根铺在面汤上作香头。偶尔，也会买几两，凉拌，吃到的就是一种粗朴的药香，一贯不及商城那个夜晚吃到的底蕴深厚。

满桌珍馐，众人纷纷饕餮大菜。圆桌转盘一样按照既定轨道来来回回，一碟平凡的凉拌干荆芥，独我一人食掉大半。

一年后，在九华山，碰见河南来的作家冯杰老师。无意中说起商城之旅，当我开始夸赞商城的面食以及炖菜的美味时，冯老师操着一口河南腔云淡风轻道，商城有一道凉拌荆芥可美……我简直要跳起来，终于遇见一位懂得食物之美的老饕。

凉拌干荆芥，何以如此美味？往后再也没有遇见过。

六

临回合肥的早晨，独自冒雨探访与招待所一墙之隔的崇福寺塔。

古寺早已不存，唯塔矗立。建于明，逾六百余年，至今尚在，实属不易。塔身底座紫褐色基石早已风化，雕刻着的马、羊、龙等，栩栩如生。飞马居多，有的失了尾巴，有的残了前蹄，但，飞奔之姿犹在。六百余年，除了塔，还有什么可以留下来？

四月的风裹挟着密集的雨丝，斜斜打在脸上，有微微凉意，近似虚渺的塔铃声。

塔前，伫立久之，心里有流云舒卷，有积雪凝寒，也有山花烂漫……

成都，成都

一

自合肥出发，尚是晴天，两小时到达成都双流机场，下起雨来，不算大，但也不小，需要一路小跑着才不至于被淋湿，拉杆箱跟着我们在泥水里亦步亦趋。

举目四望，整个城市淹没于大雾中，白茫茫一片，颇似仙境——这就是传说中的成都吗？

驱车往市区，一路下去，温润养眼。树密，大多绿着，所有的树叶都在滴水，绿亮亮的。成都确乎有榕树？一直以为，只有两广和福建一带的气候适合榕树生长。

一座城市给陌生人的第一印象，无非它的建筑。这座城市的建筑颜色，非常符合我的审美，许多房子外墙都是青灰色主打的条纹砖，有年深日久的笃定。偏爱一切以灰为主打的色调，没有张灯结彩的热烈，有心事重重的不明朗，连尘埃也侵蚀不了的浅灰深灰，越发旧了。主干道旁的花架被挑起，如耸起的眉。郁金香开在微雨中，美得冷峭，有人尖子的愉悦感，绽开的花，如红的眼黄的眼，一眨一眨。

水珠在半开的花瓣上，一骨碌滚下来。

当我们的车经过人民路核研究所，一霎时想起诗人翟永明，她大学毕业后曾分配到这里过。对于成都这座城市，于精神上，我非常熟悉，仿佛来过无数次。特别佩服深居此地的小说家、诗人们。

居在市中心的公寓旅馆里，每天步行几分钟，去妹妹家用餐。

妹妹家居王家塘街。一条逼窄的小街，树木森森，两边店铺大多闭门歇业。

在王家塘街，似乎行走于无声电影中，深渊一样的安静，有一些轻飘飘的寂寂然，衬得偶然入耳的成都话格外绵软。几户人家小院里，梅花新绽，有些花朵开到了墙外，人走过去，幽香袅袅，像燃起一支香，愈久愈浓，意蕴无穷。

水果铺开着，有一种水果，当地人称之为"丑柑"，又叫"粑粑柑"，外皮橙黄粗朴，满是皱纹，像极百余岁人瑞的脸，印刻的都是深深岁月。这样外型不甚抢眼的丑柑，滋味却又一等一的甜甜。

一日，去宽窄巷子。巷口一户人家的迎春开得满院皆是，实在盛不下，把头探至墙外来，齐齐打量一拨拨外地人。宽巷子石桌上的瓶插，是新开的郁金香。春节档口，气温基本为零度，郁金香开得热烈。到了成都，连花都这么好客，叫人简直不舍得走。

家族十余口，携老扶幼的，穿行于巷子里，东嗅西闻间，吃了闻名已久的三大炮——不过是一口铁锅，盛满糯米饭，摘起三小团，捏圆了，随手一抛，"噹噹噹"三声脆响，三发糯米炮弹落入不远处簸箕里，顺势在黄豆粉堆里打个滚，又被我们利索地吞进肚里。到底是好吃，还是一般，反正一颗心被猎奇激荡着，且观且行……

对于伤心凉粉，终于不敢问津，胃怕是受不了那种登峰造极的辣。

当宽巷子逛至一半，依稀嗅到一种气息，像一种久别重逢。忽然有冲动，何不将合肥房子卖掉，移居成都来。在如此湿润多雾的气场里养着，何以写不出东西？

自从孩子来了，一步步，渐入泥淖，整个人几乎陷身入死胡同，每一步均是深渊黑暗。可是，成都宽巷子上空飘荡着的气息，又将一个人重新点燃起来了，霹雳烧一阵，浑身自在起来。谁说不能重头再来，谁不配拥有理想？这一把年岁，既可与草木同声共气，也基本通晓人言兽语了吧。

然而，一个人要想活到自在的份上，又是多么不易。

置身成都，不自觉地被一种气息包围。有一种东西，既说不出所以然，又无法置之度外，与人达成了一种相辅相成的关系，容易着迷。是常年阴郁的天气容易让人沉静下来，还是久违的阳光让人可以将一杯茶喝透？我坐在府南河边，能否将一杯茶喝通？

返程机票是年初五，几次欲改签——没待够，但，迫于现实，还是回来，颇为不情愿。

相较中国其他城市，成都人何以如此享受生活？或许是受到了气候的启发？据说一年中，成都大半阴天。晴天难得，一遇着太阳，朋友间便约着出来喝茶闲聊，是要将所有阳光都把握住的意思。

太阳下，静静享受一杯茶的可珍可贵。无论处在何种境遇，人一旦启悟了，什么都放得下。之后，一切变得简单起来。人生本来就不应该复杂。

在窄巷子，遇见"白夜"酒馆，有些旧气了，"夜"字已然少了一个笔划，铁牌子锈迹斑斑。在一个热爱诗歌的人眼里，"白夜"依然光芒四射，它早已成为成都的一个文化地标。

马扬鞭　在有劲的黑夜里
雕花马鞍　在我坐骑下
四只滚滚而来的白蹄

路上羊肠小道　落英缤纷
我是走在哪一个世纪？

哪一种生命在斗争?

宽阔邸宅 我曾经梦见:

真正的门敞开

里面刀戟排列 甲胄全身

寻找着 寻找着死去的将军

我策马扬鞭 在痉挛的冻原上

牛皮缰绳 松开昼与黄昏

我要纵横驰骋

穿过瘦削森林

近处雷电交加

远处儿童哀鸣

什么锻炼出的大斧

在我眼前挥动?

何来的鲜血染红绿色军衣?

憧憬啊,憧憬一生的战绩

号角清朗 来了他们的将士

来了黑色的统领

我策马扬鞭 在揪心的月光里
形销骨锁 我的凛凛坐骑
不改谵狂的禀性

跑过白色营帐 树影幢幢
瘦弱的男子在灯下奕棋
门帘飞起，进来了他的麾下：
敌人！敌人就在附近
哪一位垂死者年轻气盛？
今晚是多少年前的夜晚？
巨鸟的黑影 还有头盔的黑影
使我胆战心惊
迎面而来是灵魂的黑影
等待啊 等待盘中的输赢
一局未了，我的梦幻成真

一本书 一本过去时代的书
记载着这样的诗句
在静静的河面上
看啊，来了他们的长脚蚊
人生中没有哪一刻比得过读诗时那么荡气回肠

翟永明这首长诗，令人热血沸腾，每读之，身心仿佛得到一次洗礼，平凡的我于精神上侧身上马，疾驰于文学的大海之上。

木心说：你爱文学，将来，文学也会爱你。

忽然意识到，活着并不空虚。在一条路上，既有去者，也有来者，当然不空虚。

二

随着年龄痴长，越发喜爱杜甫。他这个人的胸怀以及他诗风的磊落清苦，一再于心间低徊。年轻时，嗜好意象纷繁的句子，仪式感强，总归落个热闹的局面，实则，到头来，什么未留下。只有等到将一切悉数涤荡的年岁，才会渐渐懂得些杜甫。

当日大年初一，午后两点多，往杜甫草堂的路上，饿得心慌，走路力气全无。饭店打烊，街头小吃铺几近闭门。饿归饿，既然来了，总归进去看看。

唐代的草堂，虽不复残存，就当是一种缅怀。

公园幽静，宽阔得走不到边，雾气缭绕，寒气逼人，冷得我一再将脖子缩了又缩。到处溪水潺潺，美树繁荫。若随便找一棵树访问一下年纪，怕都有百余岁了。尤其竹子，几十株挤在一起，参天挺拔，必须仰头，方能一窥全貌。

回庐后，才知，今年是杜甫（712年—770年）诞辰一千三百周年。一个伟大的人来到这个世界上写下一千五百余首诗后，岁月将它们统统留在册页里，一直不会消逝，永远不会消逝。只有伟大的人，才不会被时间打败，他的诗以及他的精神与时代并行，一直在场。

一千三百年的光阴似箭，怎不叫人感念？常常翻翻《杜工部诗集》，意绪沉沉的。"穷年忧黎元，叹息肠内热。"这里埋伏着一种怎样温厚的情怀？

杜甫是四十七岁那年冬天，定居于成都浣花溪畔的。一开始，他们一家寄居于古寺，而后慢慢经营新家。他当年以诗代简，向友人索要花木。在亲友的资助下，翌年春上，草堂得以建成。他是相当喜欢这个地方的：

锦里烟尘外，江村八九家。
圆荷浮小叶，细麦落轻花。

这份小荷初露细麦落花的心境，安逸，笃定，在他短短一生中非常难得。特别喜欢他成都期的《漫成》系列，其中一首，简直将人在春天的欢快写飞了：

江皋已仲春，花下复清晨。

仰面贪看鸟，回头错应人。

读书难字过，对酒满壶频。

近识峨眉老，知予懒是真。

"田园诗"方面，杜甫丝毫不输于王维。清晨一个人站在花下看鸟，意象迭出，这个人活得多自在啊。杜甫先后在成都居了近四年，写诗二百四十余首。

回顾杜甫一生的创作史，定居成都的四年，应是他一生中最快乐的时光。其中，《蜀相》《春夜喜雨》《江畔独步寻花》《绝句》等名篇，均是于草堂完成的。

成都没有消耗杜甫，而是一直滋养着他。

成都，一直富于气场。

气场对于一个文人，非常重要。其次，才是内心的平和。将气养足了，灵感的火山才会喷薄。成都水汽丰沛，适合养气——但凡气足，人必饱满。

自古文采，均是养出来的。

何以喜欢杜甫？大约源于他为人的赤诚吧。做人方面，他简直太憨厚了。一直崇拜李白，一生中写下多首诗与李白。安史之乱后，李白参加永王璘幕府，被唐肃宗判了"从逆"之罪流放。彼时，李白被认为是"世人皆欲杀"的"罪人"，唯有杜甫"吾意独怜才"。他常常梦见李白，甚至连续三夜的梦里都是李白：

故人入我梦，明我长相忆。
恐非平生魂，路远不可测。

他一直担心他在流放途中遇险：江湖多风波，舟楫恐失坠。

他怜惜李白：

冠盖满京华，斯人独憔悴。
孰云网恢恢，将老身反累。
千秋万岁名，寂寞身后事。（据《梦李白二首》）

而李白呢，偶尔心血来潮，礼节性回他一两首诗。他丝毫不曾感到受挫，一如既往恋慕着李白。如今，到哪里去寻这么纯粹的人？

年轻时，我非常不解——他何以如此推崇李白？如今，算是明白些，这便是赤子情怀。我喜欢你赞美你，并非需要你隔山回应待以同级别唱和。唯有胸怀仁爱的人，方能做到无我无私。单单杜甫对待朋友的爱这一层面上，便能照出我们"皮袍下的小"来。

拥有一颗赤子心的杜甫，与盛唐时期的许多文人都是朋友，李白自不必说，他与王维、高适、岑参等皆为好友。但，同样享有盛名，你听说过李白与王维有交集吗？他俩同一时期同时在长安混着，未曾有一句唱和纪录。而杜甫对于李白的推崇，彰显着何等的仁慈精神，总归是一位大境界的人。

这样一位高韬之人，他的一生几乎过得贫困，在贫困中，依然怀有家国之爱、朋友之爱。五十八岁那年，在一条船上饿了数月，是一块牛肉把他给噎死的——因为饥饿，吞咽太快。这样的收梢，总是令人忧伤。

去成都，又怎能不去他的草堂看一眼？如今，诗歌以及诗歌的年代渐趋式微，只剩下一些尚在读诗的人：

国破山河在，城春草木深。
感时花溅泪，恨别鸟惊心。
烽火连三月，家书抵万金。
白头搔更短，浑欲不胜簪。

《春望》短短四十个字，尽显一个诗人与家国、自然、四季的互动。江山社稷，万里河山，岁月渺渺，四季更迭。花朵有泪，飞鸟有灵。身于乱世，妻儿的消息比一切都要重要。困于贫苦焦灼的境遇里，白发越梳越少，连一根簪子也插不上了。

  若将这首诗存放于我们的中年境遇里，一样贴切。一日日早晨，头发越见稀少，人困马乏，正是中年的惊心写照。虽不逢乱世，却胜似乱世。

停下便是故乡

多年前,站在老家枞阳县老庄中学的山坡上,可以望见九华山。下了早读课的清晨,若是晴天,南面的九华山光芒四射,让一个少年充满向往。彼时,我去过最远的地方——横埠镇,不过看一场电影《少林寺》。

初去九华山,三十年后了。纵有感慨,但人世的风风雨雨也将整颗心兜住了,只能沉默。

站在山顶天台,终于与自然对接上。四面的风,将白云送了一程又一程,天蓝如梦。

深秋的风,有些寒凉。深秋的风,是一把把镰刀,顺路将山脚沿途的晚稻一株株割下。稻谷晒在路边,抓一把稻草闻闻,还是童年的那个味道。植物的香气一向迷人,再被深秋的风抚摸,更加渺然,无以表达,唯愿稻草堆上长睡不醒……

蓝天白云,青山绿水,当下已属稀有。若偶然遇见,必存感念,妄想留下居一阵。九华山间的云,是女性气质的云,特别体恤人。是织锦的缎子,乳白色,一路铺到天边。我们走到哪,它都跟,从不多言,只用气场感染你。人与云之间,相互打量着，没有语言，只有眼神。走一路，看一路。

向晚，月亮升起来。从飞速的车里，看云月，宛如水墨，并非今人的，是古代的，可以望见岁月的风霜光阴的密脚，有些旧了。旧东西最考验人的眼力，也是一团不灭的火，但凡有心，想必被点燃，是倪云林的，也是陈老莲的旧画，既诱人，也拒人。

九华山的月，陈旧而新妍，圆，亮，微泛红光。夜里睡不着，爬起来，靠在窗边，看月亮。月影下，偶尔几声虫鸣。远处竹影摇曳，想起苏东坡以及《水调歌头》，如此辗转，如此高难度地将人生的悲欣苦辛悉数写尽。依然同一轮明月，照我，如照苏东坡——我不曾写出不朽名篇，是因为吃的苦没有他的多。这么想，就有台阶了，再一步步走下来，将白纱的窗幔合上，继续睡……

凌晨四点半醒来，鸟声初出，衬得山更加幽静。山里的鸟不比城里的鸟，一开口，便恬噪，大约脱离自然的属性了。山鸟的叫声在溪水里洗过的，一如初心，从树林里捧出给你。

起来跑步。山边雾气重，一圈下来，头发尽湿。遇见一片菜园，顺便进去查看一下墒情——掀开满畦稻草，芫荽、菠菜、茼蒿纷纷自土里萌出新芽。蒜苗蹿出泥土，葱茏一片了。几垄山芋，尚未挖出，山芋藤尚绿着；秋辣椒，仍在开花，丝毫不理会寒露已至。最耐看的，要数篱笆上的红扁豆，秋风下巍巍峨峨……长风万里送秋雁的九月呀。

伫立菜地中央,举目环顾,四野苍茫,九华山近在咫尺,红月亮落下去。我的一口气又与金色的童年接上。有一年清明,回老家,步行在小鸡草葳蕤的田埂,整个身体被田畈间油菜花所淹没,似要热泪盈眶。城里人永远不懂得这里到底藏有一份怎样的情怀。什么也说不出,只是默默拭泪——似乎离开多年的苦,终于被油菜懂得并疼惜着。海子有诗:

家乡的风
家乡的云
睡在我的双肩

风、云也睡了,一切都安宁了,徒剩呼吸吐纳,再没有别的。是洗涤,也是还原。山水天地,将人一点点还原成稚子,快乐地在风里奔跑。

与山水亲近了一天,也累,我们去九华水街上喝茶,并非半盏松萝,不过是一杯普通的绿,却也芳香怡人。此街有些秦淮河的意趣,比秦淮河幽静,与河水、柳、草地为邻的是书院、禅室、茶馆、酒吧……抬头低首,均是启功先生的墨迹。

大树耸立,树下有风,有木桌长椅,烟灰缸是粗瓷碗。

黄昏，西天有金子在泛光。每当日暮，总会叫人想起童年、故乡、羊牛下山、鸡鸭入埘，尚可与《诗经》对接。此刻，荒野上又遇着这样的意境，衬着人的心事茫茫远远。

除了九华河，水街旁还有一条不知名的小河，一只野鸭正专注地自己跟自己玩着，它跳出水面，似荷花仙子般凌波微步，轻盈地要飞天，转而一头扎下，潜水而去。一只白鹭正躲在菖蒲的绿丛中梳洗，夕阳的余晖照它，如照一口井。荒野遍布青蒿的味道，是清苦的香气，远处的芦荻早已白头，一点点在风里摇……

蒹葭苍苍，白露为霜……古老的句子，有淡淡的哀愁，是愁而不怨，伤而不悲，也是哀矜勿喜——平凡的日子，因为愁伤，才有了分量。

一位陌生读者为我的一本书写书评，她取题目：一间屋两棵树三餐饭四季风景。读着，在电脑前默默感动。

九华山脚下，也是适合我们停下来生活的地方，每日三餐，看尽四季风景。

一详大理

回到合肥,当家人问起大理怎么样的时候,我一时语塞,大脑词库里的词汇量明显不够用。只好讲,必须亲自去一趟才行。

大理七日,梦幻一般——天蓝得宗教一样庄严。白云团团簇簇,近得伸手可摘。

站在海拔三千余米的地方,有一种幻觉,自己比天还高。视野辽远空阔,本来渺小的人仿佛要飞天,简直一个个成了神仙。

七日中,一行百余人,马不停蹄走了六县一市,也有过一天穿行两县一市的记录。两地间直线距离虽短,但苦于高山阻隔,真正走起来则非常遥远。身体上的疲倦到了极限,精神上却过得奢靡。每过一地,无论山川风貌,抑或人文景观,都给人以惊奇震撼。一边饱览自然风光,一边复习边疆唐史,充实而快乐。

一

飞机一入云贵高原，所有的云都退了去，一座座山绵延不绝，顿时踏实下来。人虽在万米高空，终于有了参照物。那些山一律褐色，又添了许多朱砂红，仿佛飞行在一幅幅国画上，用的都是繁笔，一点点描、涂、摹、洇，得怀着巨大耐心，才能将云贵高原上这一幅幅巨画山水仔细欣赏，怎么都看不厌。

飞行两个半小时后，落地昆明机场，再转机去大理。

大理机场坐落于一个荒凉山坳，无从想象中的热闹繁忙。风极有力度，把人吹得歪歪斜斜的，仿佛微醺。阳光刺亮，直扎眼睛，睁都睁不开。阳光铺排于沿途树叶上，亮而透，直如夏季烈日，焦灼酣畅，不可一世。

落脚苍山饭店，窗外的风一夜呼啸，将窗玻璃拍得咚咚响。翌日与导游说起，小姑娘嚷开了，这就对了嘛。你们居的是大理的下关，这里风大是出了名的。

得知，大理的风花雪月是怎么一个来历。所谓：上关的花，下关的风，苍山的雪，洱海的月。

透过酒店窗户，苍山可见，山上无数风力发电机，一天到黑，转个不停。

清晨，搭乘油轮畅游洱海。船行湖面，从下关到上关，一步一景，稍有懈怠，便漏了好景致，两只眼用不过来。初始，天空比较沉郁，像一个人未睡醒，此时的洱海逊色一点。洱海最需阳光抬爱——光芒乍出，洱海的灵魂活过来。苍山一座座，排了队，安静地立在不远处。

山脚下，白族民居，星罗棋布。这些房子一律青瓦白墙，壁上用墨勾了松竹梅，颇为写意。人们背山面海，散落而居。

有疑惑：分明是湖，为何称为"洱海"？是云南高原上第二大湖泊，仅次于滇池。但作为一个实心眼的人，我以为，还是不能称之为"海"呀。

到了晌午，迷惑终于解开。站在南昭王避暑行宫前，迎着阳光再看湖面，确乎有了大海的气质，波光粼粼，水色潋滟。湖水蓝而透，似习轻功的人御光而行。那大面积的湛蓝，似有香港线水湾的气质。

船上有三道茶表演。白族的乐感悠扬，随着旋律，踏步、抖肩，人顿时明艳起来，仿佛重活一遍。肩膀在这里担负了不可小觑的力量。姑娘们的献茶，富于仪式感。所有具备仪式感的东西，庄重而美。小姑娘双手捧杯，举过头顶，复缓缓落下，她的双手似都微笑着的，望向你，心怀坦荡又虚怀若谷，一瞬间，茶杯云淡风清落到你桌前。一百余人，她们一遍遍不厌其烦。那杯茶，鸟一样飞起，又落下。第一杯苦，第二杯甜，第三杯清淡，但回味尤酣。

白族人信奉的同样是先苦后甜的人生哲学。茶喝了，舞跳了，依然意犹未尽，何不再来一组对歌表演？

　　所有的艺术，大抵脱离不了男女之情。两个男子心仪一位女子，以歌声来争锋。稍微用了一点肢体语言，很好的诠释出"勾肩搭背"这个词的含义。让你领略了一种美，邪邪的美，两情相悦的美，只可意会，无以言传。

　　至船舱顶层，天蓝得铺张，简直奢靡，内地从未有过如此纯净的蓝天。大美而不言，人唯有傻看，莫名兴奋。

　　大理人有福气，日日年年，山水伴之，太阳每天早上七点三十三分升起，十二个多小时后方才落下。这么光明地过日子，哪能不气定神闲？合肥的冬天下午五点半不到，天则黑尽，我们尚在下班路上，趟着黑，赶着赶着，一颗心灰下来，阴瑟瑟的冷，冷到骨头缝。

　　蝴蝶泉要去的。

　　潭深七尺，一眼望见底，四周参天大树，迎着树叶的缝隙抬额望天，七色眩光倾泻而下，佛一样金光灿灿。原生态的蝴蝶早已不见，温房里许多养殖的蝶。枯叶蝶闷不吭声地立于花瓣上，酷似两片枯叶，用手拂拂，它受惊而飞，于远处的绿草红花中翩跹。昆虫扮演植物，其态，其貌，拿捏精准，当得起奥斯卡最佳女主角，差点将我们灵长类都给蒙住了。

累了，坐在树下歇脚，身边有白族老太太纳鞋垫，宝石蓝的线，蝶一般纷飞于白鞋垫上。坐在那里看，时光漫漶——好日子都是照这个样子来的。

大理的阳光让人瞌睡。午后的水潭，红鲤与家鸭和平共处，有日久成兄弟的默契深情。

去崇圣寺。这座作为大理标志性建筑的寺庙，太过著名。若照着资料，再复述出来，难免平庸。无论置身何处，心眼在场，便够了。崇圣寺有多高，建于何年，毁于何年，重建于何年……我不大上心。

撇开导游，一个人进去静静感受崇圣寺主殿的氛围。近黄昏了，是晚祷吧。木鱼峥峥，鼓乐和之，梵音邈邈……我望着主殿高高的穹顶，是七彩琉璃的鲜丽美妍，不知怎的，心头一热，湿了眼角——仿佛小半生的委屈齐齐涌来……慌忙退出。

过后好几日，与同行的一位老师谈起，仍旧难掩泪湿的激动。梵音好听，是因为虚无缥缈，神灵一般轻轻将灵魂唤醒，再拂去尘埃，把你还原成一个初涉世的孩子，在那里哭泣——原本没人负你，欺你。

我无宗教信仰，但一直心存敬畏。

二

在大理市区，没什么高原反应。当去到下面的县乡，海拔越来越高，有一辆120急救车一直紧跟车队。

一路懵懂而行，晕车贴、晕车药双管齐下，自忖无碍。谁知到了第一站宾川县鸡足山，便溃败了。

鸡足山山势陡峭，一拐十八弯，致人胃中翻腾，说不出的难受，胸间憋闷，几欲呕吐，齐齐折磨。车停至半山腰，需缆车直达山顶。面对三千五百米的海拔，果断留在原地。

此地古木参天，浓荫匝地，寒风呼啸，着羽绒服，皆两腿颤颤，脸色煞白。

我一人在空地跑步，许久才缓和过来。大部队久去未归。百无聊赖中，去卖山货的大妈那里买野柿，顺嘴一句：要给足秤哦。大妈回：手拿一杆秤，心就不能歪了嘛。我无地自容。继而，攀谈起来。她一会赠几颗山核桃，一会抓几粒野板栗。将这些野果悉数吃下，高反渐渐消失。大妈变戏法似的从塑料袋里拿出宝物：草药，野蜂蜜，干菌类。

尚有五个县的山路未行，无法负重。

你从昆明来的吧？她问。

我答：比昆明要远得多。

回到合肥，想起她来：手拿一杆秤，心就不能歪了嘛。

原来，秤与心，是连在一起的。

鸡足山里藏有若干古刹名寺。山脚下有一寺。门前两株圆柏，三四百岁的年纪。与同伴感慨：在树前，人算什么啊。

圆柏郁郁葱葱，直插天际，仰头望不见树冠，太高了，比天都高——这是人的错觉。云南的天低了，自然显出树的高来。

一位老者须发皆白，坐在寺中空阔地晒太阳，上前询问高寿，他淡然：九十了。再也无话。

我坐在石阶上等众人，身边的天蓝得澎湃，偶有几缕云路过，阳光铺张，白桦树的叶子簌簌而下，遍地黄金……这一刻，似叫人看见了时光漫漫，以及一切流逝着的东西。

生命正一点点老去，但有些东西永远簇新。

走出寺来，门上有一联：退后一步想，能有几回来。

午餐用罢素斋，离开宾川县，往祥云县水目山，高反越来越重，有一片台阶高耸入云，几乎九十度，一气登上，心口痛得厉害，颇有濒死之感。

此地寺庙保有古老原貌，因为偏僻，躲过"文革"浩劫。

但凡古寺，必有好苗木。这里有两株月季，三百余岁，年年开浅粉的花，千朵万朵，粉压压一片。不曾见过灌木科月季长成大树的模样，枝枝干干，有着老梅的遒劲骨感，令人倍感珍惜。

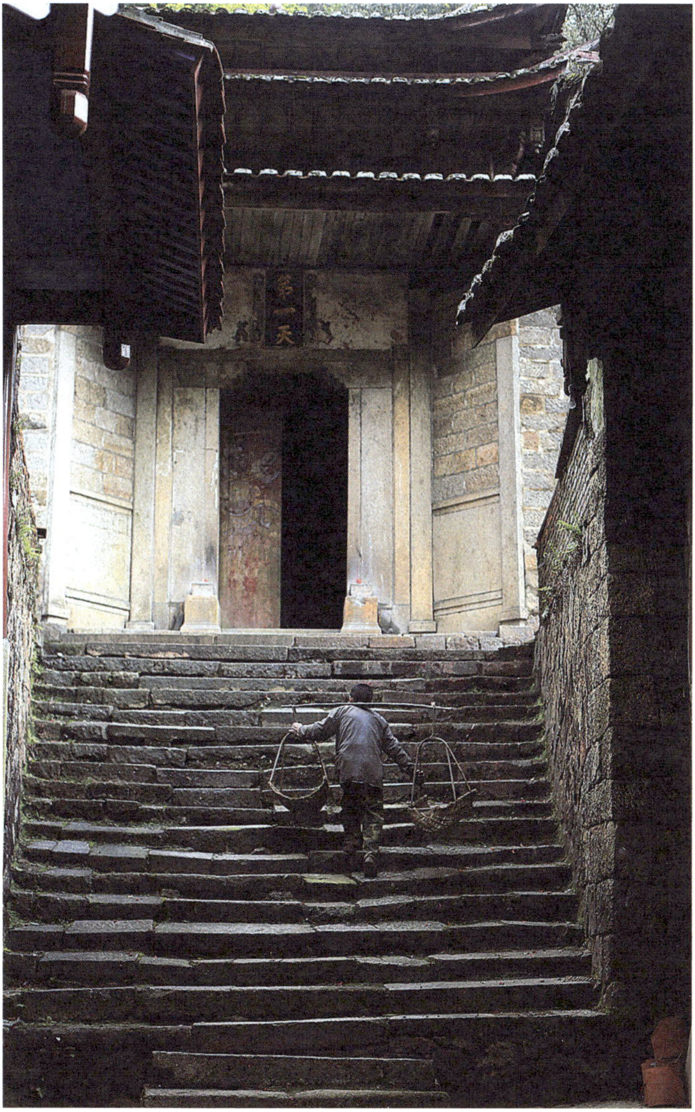

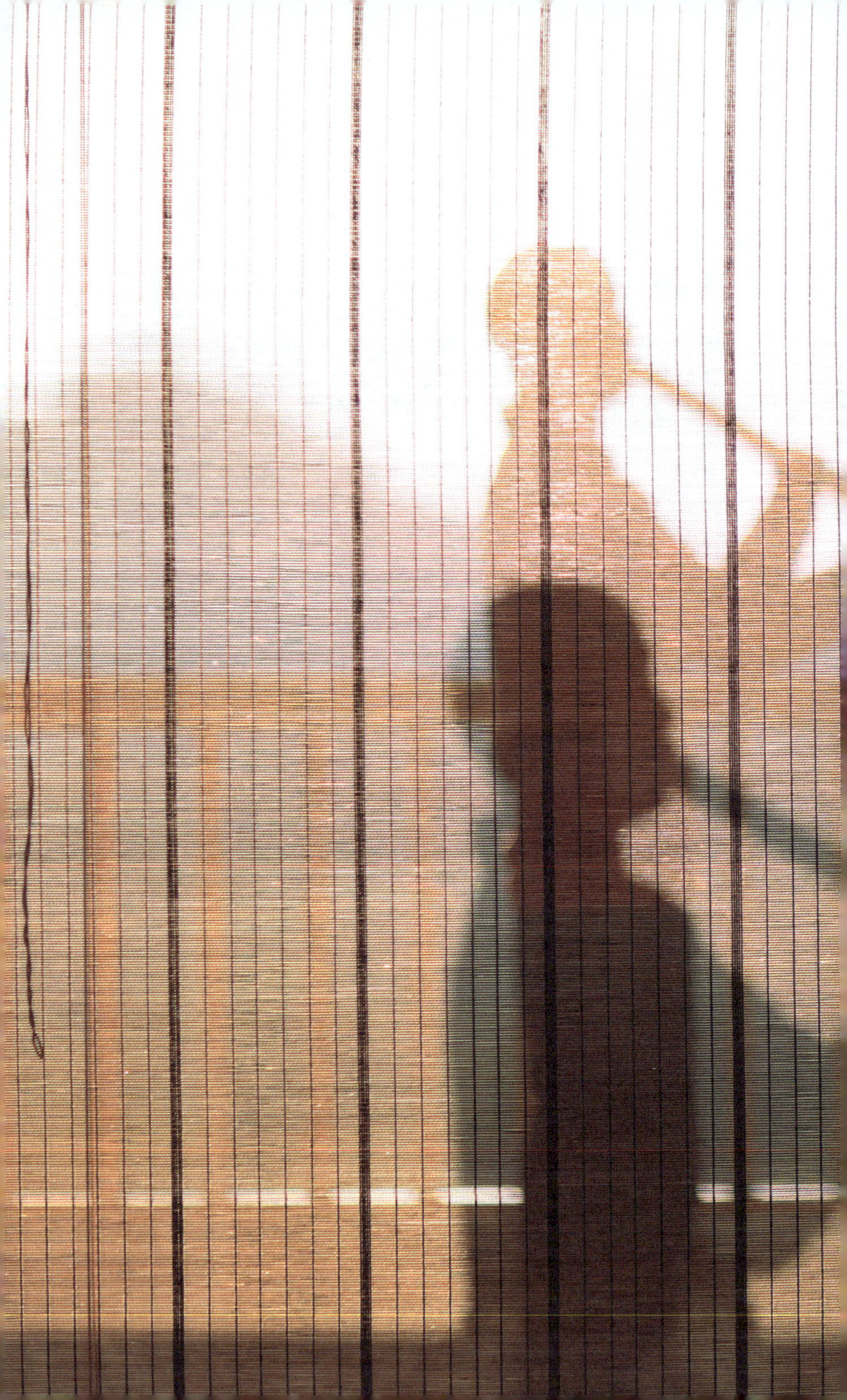

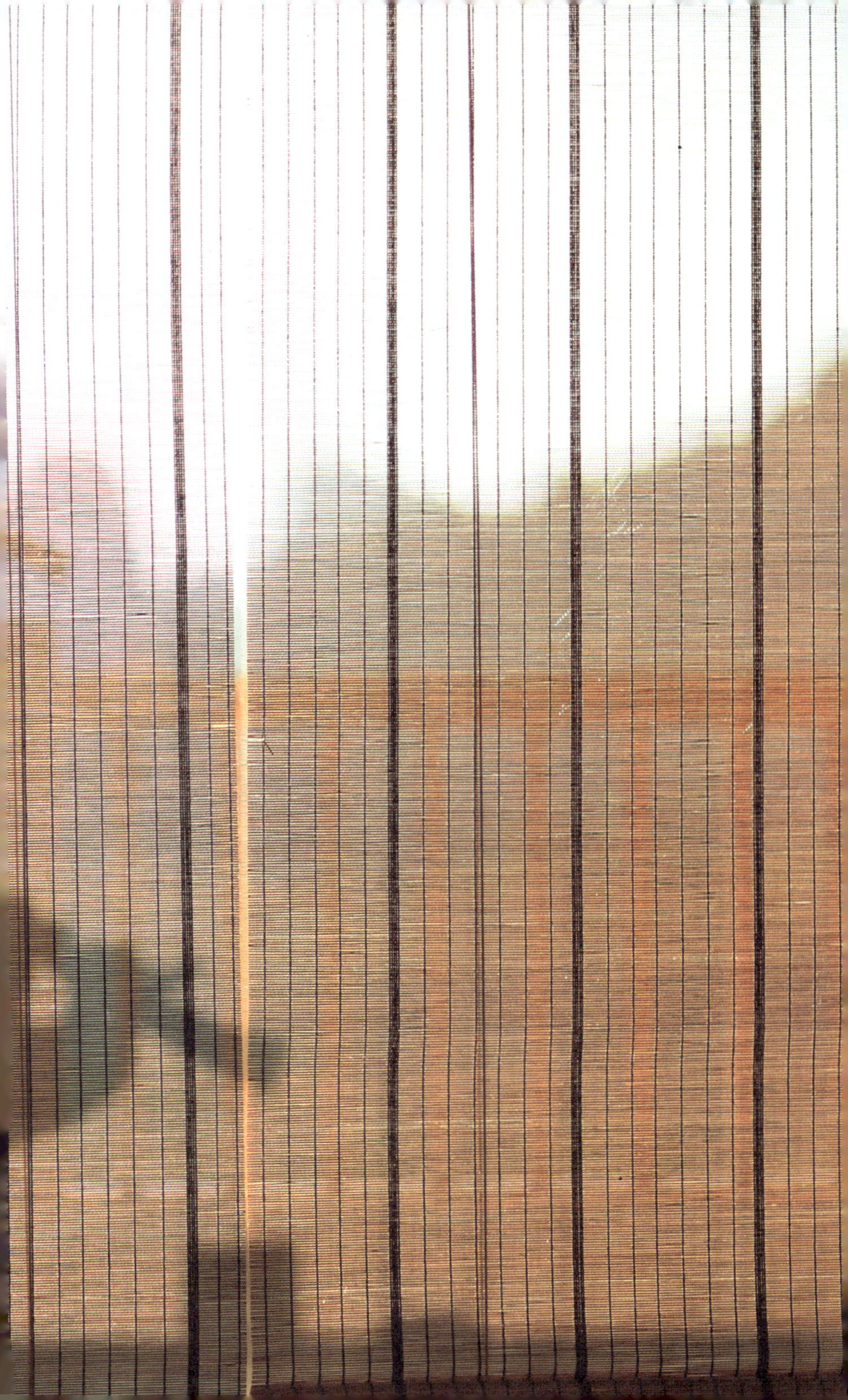

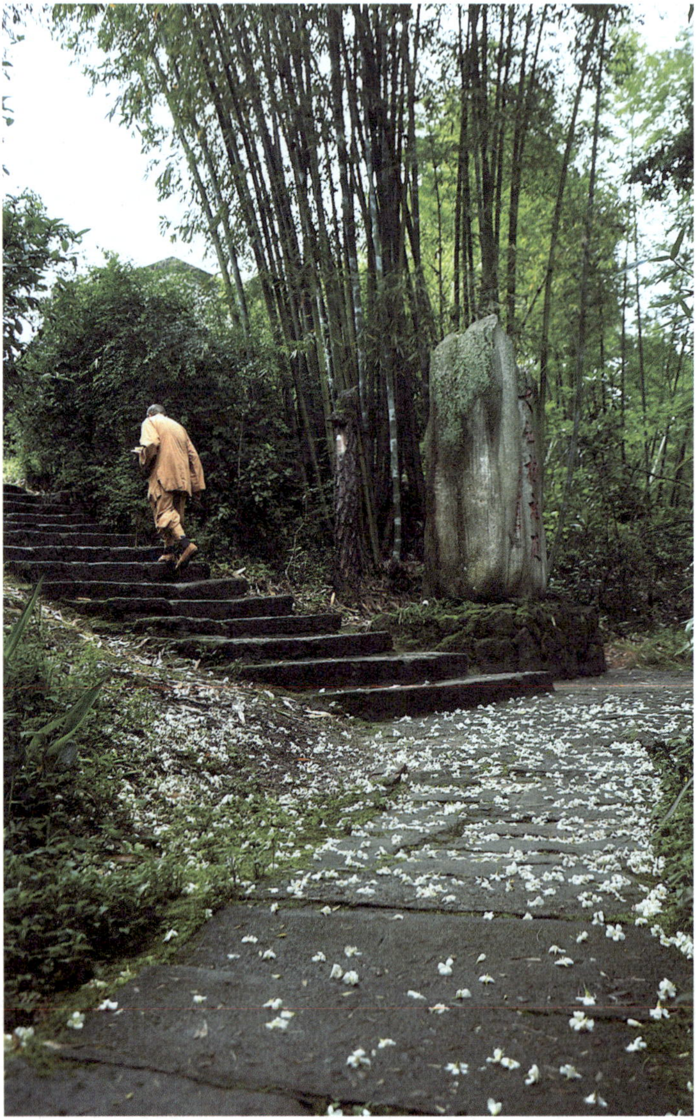

水目山是唐时大理国禅林所在地。大理国皇家似有一个传统：每一位皇帝做到后来，皆厌了红尘，丢下一切，纷纷跑去水目山修行，死后归葬于此，留下几百座塔林，蔚为壮观。

开掘后的地宫口，站立着荷枪实弹的警卫。懵懵地前去地下参观，除了一颗舍利子被浸在水银里，还有许许多多瓦罐，盛放的都是往生僧人的骨灰。

事后，竟害怕起来，背脊发凉，当时到底被一种什么勇气驱使着去到阴森的地宫？

站在水目山任一处远眺，好景致尽收眼底。平川坝子上，河流漫漫缓缓。天阔云淡，头枕高山，松涛阵阵，不失为宁静的终老之地。

祥云县用过晚餐，趁着天黑，赶往巍山县。到得巍山县城。

夜里九点多，我们被安排在巍山县城古老的拱辰楼里，听洞经音乐。

高反令人晕乎乎地站不稳，脑壳里一团糨糊，思维不太清晰。

大幕徐徐，笙箫管笛琴瑟鼓筝齐鸣。操持这些乐器的，全是老人。他们弹奏的是唐时南诏古乐，水一般清亮，灵魂似被涤荡一遍，我开始清醒。

古乐适合现场聆听，庄严肃穆，如梦似幻——仿佛远在天边，却又近在眼前。

古人云"琴瑟和谐"，一直以为琴瑟是一个复词，无非同一乐器。直至来巍山，被上了一课，琴是琴，瑟为瑟。这瑟，是出土的千年前的文物，弦已朽腐，重新换了新弦，瑟身犹在。

弹瑟的老太，古稀之年，非常有气质，她梳的是民国飞机头，甚至那种被酒店咨客穿惯了的一件印花旗袍到了她身上，竟也被她穿出了庄严隆重，非常有气场的一位女性，仿佛天生与瑟在一起。她言及自己，原本供职于图书馆，弹瑟，属半路出家。

二十分钟古乐听罢，一个个不愿离开，不顾汽车在城楼外鸣叫催促，竟排着队，将那千年古瑟摸一摸，有珍惜爱怜的意思，更是往而不复的难舍。

李商隐诗云：锦瑟无端五十弦，一弦一柱思华年。

原来，他用了夸张笔法。真正的瑟，没有五十弦。

南诏古乐即将面临失传的险境，没有了继承者，如今弹奏它们的，都是一批六七十岁的老人。随着将来他们陆续离去，再也难成弦歌雅意了。

在那个满天繁星的夜里，我们赶了几百公里的辛苦路，于偏僻的巍山县城幸会一遇，可感，可叹。

每到一地用餐，东道主满怀热情，酒杯端上，歌声即起，眼神明亮而坦诚地望向客人，歌毕，一饮而尽。隐隐地，我听出了苍凉。

饭罢,虚心请教,白族的歌为何如此悲凉?

歌者用汉语还原刚才唱的歌词:

想你不能跟你走,爱你不能做一家人……

这样的心境岂一个苍凉了得?是在讲萍水相逢的分别吧。山川永在,人已走远,一别永别,往后再也不能相见了。

有的情歌这么唱:一根竹子十二节,一天想你十二回……

这首算欢快一点儿的。特别不能听"想你不能跟你走"那首,旋律一起,总是那么荒凉,仿佛生命里所有的离悲都来到此刻。

三

每日皆访山,高反愈发重了,求助于随队医生,被诊断为低血糖。接下来的几日,一直补充葡萄糖,一路跌跌撞撞,将全程走下来。大抵是被一颗好奇心成全的。

途中,常有同行问起此行感受。莫非——读万卷书,不如行万里路?

在导游的提醒下,发现巍宝山的石阶,非常奇特,既有建筑学上的美学特征,又暗含哲理。自山脚望上看,难见石阶,仿佛山势不高一片平坦。到真的拾阶而上时,却分外吃力。原来这座巍山异常陡峭。费好大一番气力，终于到达半山腰。站在台阶高处，再往下看，依然平坦如镜。这样的设计，不给人视觉上的压力。人在山脚，看不见这一排台阶到底有多陡峭，开始登山时，便有了自信。实则，这座山高极，跋涉一番，不也上来了吗？若一开始将所有的陡峭台阶尽收眼底，山脚下的人想必会打退堂鼓。这种视觉上的遮蔽设计非常科学。

此山隐有一座道观。到底初建何年，由于非常遥远，已不可考。

院中有一株山茶，高耸入云。深秋之际，依然花朵满树。我读《徐霞客游记》，发现他极少提及各地植物树木，唯写到云南时，特地强调了两种高山植物，山茶与杜鹃。徐霞客去过鸡足山，想必来过巍山。道观里这株山茶，或许也曾被他偶遇过。这株山茶，遍布岁月的苍凛，简直"树中人瑞"，据说是存世最久的一株山茶，千余岁年纪。

去访一位传说中的女道士。到房子跟前，却发现木门紧锁，大约云游去了。听人介绍，她擅画牡丹，三十余岁。原先做警察工作，有一天，径直来到巍宝山，从此绝了世俗。

总有些人，在生命的半途忽然顿悟，化解一切羁绊郁结，云淡风清地活。

道观有一亭，亭上有一幅壁画——松下踏歌图，作于公元七世纪中叶。

巍宝山中,有一种树,名曰栲树,全身遍布凸起物,鼓凸凸的,仿佛在跟谁生气。

下得山来,又一轮晕眩袭来,找到医生,喝一小瓶葡萄糖。

下一站,茶马古道。

四

沙溪作为一个古老的小镇,位于剑川县境内,也是茶马古道上的一个小站。

这里有一片院落——欧阳大院,据说为欧阳修后人所有。

迈入大门,显眼处,挂一匾:秀接庐陵。

可不正是与欧阳修有关?谁家后代敢狂妄地称自己"秀接庐陵"?

欧阳大婶不愧为文人后代,面对众人,一点不怯场,侃侃而谈,最后还不忘将自己的名字写在记者采访簿上。

无论帝王将相,死了也便死了,唯有文名可以传世。这一块"秀接庐陵"的匾,何尝没将一丝文脉承接下来了?

沙溪古镇上,古树多,皆几百岁的年纪,黄连木、古槐、高山玉兰……繁叶纷披,华庭如盖,别有静气。沙溪妇女在古槐下舞之歌之,永恒不变的节奏,一次次重复踏歌。置身事外的我，独自看天。天一点也不高远，与人亲，与人近，仿佛挂在眼前，伸手可触。

在沙溪街巷的兜兜转转间，忽闻三弦琴声，寻音而去。一位老者闲坐于酒吧，与老者对座的，是一位中年男子，灰西装，皮肤黝黑。见我们好奇，老者指指中年男子：这是我们剑川县的歌王。

不期然，碰到歌王了。

当日，他从很远的村里过来，看望同村发小——酒吧老板娘。

我与好友怂恿两位合唱一首。

歌王与老板娘同坐一条板凳，和着老者的三弦琴，以白语唱起竹板调。

歌歇音息，上前询问，何以如此忧伤？歌王解释，古时山路难走，重物几乎全靠肩扛头顶，走着走着，气也短了，唱出的歌，不免忧伤。

问，刚才他们唱的什么。

老板娘翻译歌王唱的是：我又来打搅你，害你浪费了茶水和时间……

我唱：没关系，只要愿意，留下来一天都可以的……

是即兴表演，一如拉家常，以竹板调的格律，却也意蕴无穷。

白族人仿佛天生具有艺术细胞,可以将拉家常处理得如此艺术,听得局外人如痴如醉。相谈甚欢,人便放肆,促狭道:你俩年轻时想必恋爱过?歌王不置可否,只憨厚地笑。老板娘赶紧解释,没有啊,他比我大呢……

事后的我深感愧悔。一句大煞风景的话,无疑将原本无言的情境破坏了。

人至中年的他,从遥远的村里来沙溪小镇看她,双双默然于心,不过在一起吃餐饭,和着三弦琴对几支歌,然后挥手别过,是知悉,也是幸福。

回来,常打开手机,默默欣赏他俩对歌,当时明月在。

当日,众人皆去街上闲逛,唯我与好友,与歌王见着了。得知他经常去外面比赛,便问:除了去外面参赛,你平时干什么?

他淡然一笑,做了一个锄地的动作。

拿得起放得下的一个人。

五

鹤庆县是行程的最后一站。翌日一早,众人离会,分别从十二公里外的丽江机场鸟一样飞往东南西北。大多同行趁着夜黑风高,前去距离县城不远的新华村淘银器。

这座村庄以自制银器闻名,所谓"小锤敲过了一千年"。

夜风中，我独自走在鹤庆街头。天上没有一颗星星，地上的人，在卖黑梨，在铁板上烤豆腐。大风把人吹得站不稳当。

我一个异乡人独自走在高原小城，倍感落寞。一边走，一边背海子的诗：

姐姐，今夜我在德令哈
高原上一座荒凉的小城
姐姐，今夜我不关心人类
我只想你……

鹤庆与德令哈一样，同样是一座偏远的边陲小城。

向一位中年男子打听售卖鹤庆特产的店铺。他耐心指点一二，当我已离开百米远，他不放心，又追上来继续指点，他的孩子坐在摩托车后面，快要睡过去……

小城人心的淳朴，酒一样芳香，浅浅一抿，可慰肝肠。找到那家店铺，不巧关门，隔壁的药店老板娘分外热情：你等着啊，我给他打电话。忽然又想起什么，补充一句：他们家只卖猪肝杂，你们吃不吃得惯？哦，猪肝杂，算了。所谓猪肝杂，是将猪内脏烧熟，再腌制一年，然后蒸熟。曾在宴席上吃过，不大习惯。

白天，我们在鹤庆的新华村转了一圈的。那里有一口黑龙潭，我们去时，潭面星星点点，开着洁白的海菜花，顺着花朵，可摘到嫩茎，可食，与我们这边河里春天的藕钻神似。

黑龙潭里，除了海菜花，还有野鸭，三三两两凫水嬉戏，我们这一大群灵长类动物，潮水般涌到岸边，也没惊吓到它们。野鸭们有着世面见多了的淡定。众人啧啧称奇——天光云影倒映在一波清澈的潭水里，如雾如梦。岸边有柳，黄叶加身。

这近得可接天的云贵高原上的一座小村庄，家家门前流水潺潺，堪比江南之美，但，江南没有这么开阔的天空和缥缈的白云。

置身美景之中，不敢贸然合影，怕自己不配。

用手机拍下这里的天、树、云、水。回来翻出看，却失了鲜活灵动，无比逊色，没有在场的绚烂。

非常沮丧，文字也不能精准地将大理蓝天的壮阔描述出来。一切都不对了。

我们的旅程中，遍布橙色的凌霄花，紫色的九重葛。在大理县市，走到哪儿，都有这两种花的身影，开在墙头路旁。而我们，都是一群御风而行的人，行李里还有《天龙八部》。

多年以后，一定还能回忆起大理的阳光亮如锡箔，天蓝得如梦一样，永远没有雾障阴霖。白鹭飞起的地方，是大理，是云贵高原。

二详大理

一

到大理,依旧到两年前居过的酒店,一切未曾改变,洱海于眼前荡漾。九重葛正值花期,别有几分艳丽。

无别事,趴在窗口看云。云是白云,纵然阴天,也没有滞重的压迫感。

大理阴天的云更加飘逸,相互搀着走,一点点绕,是徜徉,一忽儿山巅,一忽儿半山腰——也是唱戏渴了,坐下来喝口水的闲适,能把一颗心稳住,是一个人双手抚在另一个人的双肩,道:我懂得你……

大理的云,是非常具备同理心的云。

行于苍山碧水间,内心却焦躁牵挂——五岁的孩子正在丽江跟团游。

女性纵然做了母亲,一颗心未曾变宽,反而狭窄起来,满世界都被孩子禁锢,总也放不下,如坐针毡,寝食难安。

是苍山的云安慰了我,望着望着,牵绊消逝,把孩子暂时忘记。

苍山里的松果真大，小松鼠一路飞来蹿去的，如急速离弦的箭。初秋的风，凉悠悠。人在山里，没有说话的愿望，只肯用眼睛探寻。

清碧溪的水颇为寒凉。驻足溪涧，抬头，青天一线，石上青苔历历。那些死去很久的树，那些正在成长的树，默默不作一声，风在树林，云在青天。

人类于精神层面始终是一名孤儿，只有仁爱的山，肯来搀扶一把，叫你别害怕。隐士都在山里，与山作伴的人为"仙"。

二

随着纪录片《舌尖上的中国》的爆火，诺邓火腿博得大名，诺邓小村，尽人皆知。

小村被群山环抱，白云偏爱去山间踱步。

清新的早晨，万物初醒，太阳乍出，光芒万丈地站在小村高处，恍然想起海子名篇《四姐妹》：

所有的风都向她们吹
所有的日子都为她们心碎

村道沿途一溜儿牵牛花，白的，紫的，黄的，均为上乘，怎么也拍不尽。繁花遍野,芳草满坡,晨露未晞。村庄依山势而建,高低错落,一直往上走,步子迈得急,不免微喘,新鲜洁净的空气直灌肺腑——但凡入得深山,方能品尝到空气的甜。这世上,三样东西,任再多的钱,也买不来:水,空气,蓝天。

路口一座钾盐古井,被保护起来了。古迹之地,总比别处多一重气质,有底气。即便贫寒,但也有庄严在。

《舌尖上的中国》里出镜的黄氏父子家,就在村口,据陪同的工作人员讲,他家售卖火腿兼农家乐,年收入百万。未上电视之前,诺邓火腿二三十元一斤,如今暴涨至一百余元。

我们歇息喝茶的古榕下,一位杨姓大哥正在展售整条火腿。其中一条两年以上的腿,腌制得相当成功,外围布满青苔石绿。村里几乎人人可以逼真模仿"舌尖体"那种特有的文艺腔:因为这里特殊的温度、湿度嘛,是大自然对我们的馈赠……

好奇心大发,去杨姓大哥家,参观他储藏的三百条火腿。他家的位置确乎偏了,不比老黄家的好市口,被央视一眼相中,迅速翻牌,问:可羡慕黄家?杨大哥的妻子恬淡得很:我们家回头客多嘞。

这种不浮躁不攀比的笃定,确乎打动了我。也是,有什么可比的?要比也得跟自己比,一年年里,我们的内心有没有成长，我们的火腿有没有回头客。这才是值得敬佩的人生态度。

她女儿坐在院里晒太阳，一只硕大无朋的蒲团南瓜也坐在院里晒，入定一样的幽深，瓜皮仿佛上了一层釉，一日日里承接着高原阳光，把什么精神守住了。

回头，对着它，看了又看。即便是斑驳苍黄的土墙，衬着院里的杏树、李树、石榴树、核桃树，也不见一丝穷酸相，反而有不容侵犯的矜持自洁。我喜欢这样的气质。山外的文明尚没有同化到他家。

临走，建议杨家在县城上学的女儿开个网店，不要让那三百只火腿静等客人登门。母女俩淡淡地笑。这笑里有更大的骄傲……

诺邓村最高处孔庙里，有一副楹联，其中一句：为天之道地之道人之道。

我一边走一边慢慢琢磨，所谓天之道，即，天永远要做蓝色的天，天上要有白云飘，要有飞鸟，春有暖阳，冬有雪；地之道，则是，地上要有清澈的河流，巍峨的群山，开不完的野花，养人性命的庄稼；人之道，就是要纯粹，自然，谦逊，守拙。

三

第一次听闻"弥渡"两字,别有好感,猜测此地,必有流水、瘦柳、码头,《诗经》里才有的一份神秘。

弥渡,实则是大理州属下的一个县。我们去了弥渡境内的一个古镇——密祉,民歌《小河淌水》的发源地。

这歌真是好,经典的东西可与时间比肩,每一代人唱起,都那么深情恰当。以山以月起兴,好比庾信的《遣悲怀》,有哀矜,有无法挽回,有注定的失去,但也都是淡淡婉转着。

月亮出来亮汪汪,亮汪汪
想起我的阿哥在深山
哥像月亮天上走,天上走
哥啊哥啊哥啊
山下小河淌水清悠悠

月亮出来照半坡,照半坡
望见月亮想起我的哥
一阵清风吹上坡,吹上坡
哥啊哥啊哥啊
你可听见阿妹,叫阿哥

当日，听了无数遍，忽有顿悟，生命中的遗憾，到末了，都幻成珍珠。许多的失去，随着时间的流逝，早已升华。一段感情，可以升华一个人。一首歌，同样可以升华一个人：

"哥像月亮天上走，天上走"，这是得不到，但可以在心上望见，慢慢便升华了。明月高悬，亘古不灭。得到了的天鹅肉，最终都成了粪土。得不到的，才是床前明月光、心口朱砂痣。

在密祉犯了胃痛，去药店买一盒"滇茄片"。去一座古寺，找到一位老奶奶，问她讨杯温水吞服。

奶奶的气质与我故去多年的外婆相若，她轻轻悄悄取出玻璃杯倒水，一边张罗，一边说：我也有胃病，你坐啊……我们相互安慰着。从她眼神里，我懂得她的体恤，外婆一样慈悲仁爱。

寺外锣鼓喧天，舞狮子，舞花灯，我与奶奶对坐片刻，有隔世的安宁稳静。脚下遍布青砖，寺院白墙上描了兰、竹，还有"四季花不落"的楹联，看一眼，便记住。

最不能忘记的，是古寺院落里的波斯菊，高瘦纤弱，却又绚烂无匹，紫的、黄的、红的、白的，一应俱全。

黄昏，在密祉，与好友落在后头。我们对着村里古老苍黄的土墙拍照，天蓝得出奇。一位老人背一筐青草，与我们错肩，走过去了，她又回头，静静一句：来家吃饭吧。

我惊讶不已——懂得她的心意，绝非城里人那种虚无的客套。从她清澈的眼里，可以看得见她的真心。

密祉这个遥远又偏僻的小镇，尚未被所谓的现代文明异化，民风淳朴，一如留守的老人们，向着善向着真向着美而活。

途中，偶然听到两位不认识的同行对谈，一位问另一位：你说我们为什么要一次次前来古镇？当时真把一旁偷听的我问住了。回到合肥，每想起给我温水喝的奶奶，以及邀请我们晚餐的大娘，便有了答案。

我们前来古镇，不仅仅寻找历史的遗迹，更重要的是寻找人心，醇朴向善的，向着光明而生的一颗颗干净的心。

回到弥渡县城。夜色里，独自一人坐电动车，不管去哪儿，师傅都愿意送。无论多远，只一块钱。在车上，灯火阑珊中，想起两年前的鹤庆——同样一人穿行于高原小城，心有蜜意流淌，隐而不宣。这里的人，悠闲过着自己的日子，给我洗头的那个男孩，甚至不知自己身处的这个小镇隶属大理州管辖。不知道，又有什么关系？

弥渡满街小食店里，米线、饵丝，香辣诱人。胃痛刚刚好转，到底忍住了，西施捧心的事，并非人人做得。

四

最后一站——洱源县。

此县境内有一湖——茈碧湖。才疏的我,写不出它的美,却时时浮现于眼前。

湖中生有一种水草,盛开于湖面的花,颇似海菜花。主人事先热情地采了一束茈碧花,放在阴凉处。此行中所有女性像了中了蛊一般,皆傻乎乎捧了这束花,站在湖畔拍照留恋。

洱海源头就在这里。湖是大地的眼,天生一种诗性的洁净。茈碧湖里有莲荷、野菱、茭白,以及茈碧草、浮萍、野蓼……天上的云也在湖底。夹岸皆柳,杨树被秋风抚摸,黄叶簌簌……天地有大美而不言。

结束所有的小镇之行,回到大理。睡在古城酒店木屋里,雨声不绝。酒店有廊檐、木梯、天井,雨水滴答,淌了一夜。这里有书吧,有市井喧嚣,关起门来,则是避世的宁静。

廊亭间,博古的石钵里,水稻初黄,大晴天里停一只麻雀则更见意趣。墙上,适合挂一幅齐白石的《稻雀图》。

这里除了幽深,还有明亮。

旅行,让人始终保持一颗鲜活热烈的心,不让它荒芜,萧瑟,寂灭。

梦想不死,值得追寻。何尝不可以做一个梦里行路远道怀古的人,生活在别处的人?

因为旅行,生命从此有了意义。

太平湖记

从太平湖回到合肥,下车的一刻,抬头看天,褐黄色一张大网罩下来,风很大,吹得人晕头转向,湖边培养起来的沉稳心绪,一霎时被庸常替代掉。自一个宁静空间,瞬间被遣送至城市的霄壤,那种落差,颇为磨人。

人好比一只蚂蚁,暂时离开蚁群,去一个青山碧水的所在体验安宁,又突然被送回蚁窝,沮丧感雾霾一样笼罩。

又回到合肥的一日三餐里。

人,为什么一直向往着荒寂的碧水青山?或许是对喧嚣生了倦怠心,需要像蝴蝶一样前往荒野歇歇脚——蝴蝶在花丛中,并非成群结队,它们大多选择单独行动。蝴蝶从一朵花飞到另一朵花,是相当迷人的。我们这些人从一个地方去到另一个地方,山遥水长地,相当的劳累。但,为了获取片刻的安宁和抚慰,长途跋涉的辛苦,大可忽略不计。

夜里,站在太平湖白鹭洲宾馆的阳台上,四周岑寂漆黑,袖手观看北斗七星阵。七颗星辰,眼睛一样明亮。四周既黑且静,与人失明失聪之感。太平湖的夜,像一头小兽,将人温柔吞噬。整个身心似化掉,融入无边的黑里。一颗心，既震撼，又安慰，简直要大哭——哭泣，并非因为悲伤，而是感动。

双手搭在露台铁栏杆上，紧紧握住，置身无边的黑和静，从无到有，再从有到无，手心全是汗。星星在天上，湖边人久久不动，呼吸匀称，淡定踏实。于精神上，仿佛置身一种宗教——从繁世的喧嚣劈出一条通往宁静的路，赤足踏上去。

我们在黑夜，犹能举头望天，远星闪烁，别无萦绊，仿佛通神，一次灵魂的洗礼。

太平湖的寂静，终于将一个俗世多虑的人还原成一个单纯天然的人。每当置身自然，人则显出莫名的快活。太平湖三日，连行走都是轻快的，每个人脸上都浮着一层酣意，犹如一个干净而薄脆的梦，风一碰，便醒。

我们带着这层酣意，饮酒吃茶，看山望水，不是神仙日子，又是什么？

汪王岭村的茶山小径上，一只遍体土黄的老母鸡，领着三只小鸡雏吃草、踱步，宛如人类，无以言明地默默传承……

自合肥到自太平湖，途经吾乡枞阳境内，坡地纵横，沃野交错，庄稼长势良好。油菜地苍翠青绿，密不透风得可以在上面滚鸡蛋。小麦正在扬花，银针一样的麦芒白雾一样缥缈。行走乡下，古诗终于排上用场，比如，看见小麦抽穗，自会想起杜甫的"圆荷浮小叶，细麦落轻花"。青麻散落山坡，宽大的叶子在风里摇摆，不时探出背面的绒白，像蝴蝶，从一朵花到另一朵花。紫云英的花田，方格子一样分布于田畈，犹如一块块七彩魔毯，好看得独辟蹊径，又奇幻孤绝，是从天上掉到人间的，徐夤有"拂绿穿红丽日长，一生心事住春光"的诗句，说的正是乡野暮春的绚烂吧。

有人在水田插青，在疾驶的车里看这些，是一幅幅青白相间的写意水墨。那些躬身插秧的人，他们分别是我的叔伯、婶娘，也是表兄表姐们——看着这些，有一种情绪，始终淡淡的，也无法平息，陶渊明《归园田居》中有几句：

野外罕人事，穷巷寡轮鞅。
白日掩荆扉，虚室绝尘想。
时复墟曲中，披草共来往。
相见无杂言，但道桑麻长。

短短五言，说的都是俗世，却意味深长。与爱惜俗世的人默默相对，有了绵延的安慰。白日、柴扉、青草、桑麻，一派怡然自足的人世图景。这大抵就是一个成年人的喜悦了，在内心层次分明。

以前，读老庄，潦草而仓促，仅仅停留于字面上，似懂非懂，也就一直搁在那儿了。等到去太平湖泛舟，坐在船头，吹着春风，看两岸青山参差交叠，那一瞬，竟也懂得些过往藏在字面后头的深意——什么是与鸟兽草木共存，什么又是与天地精神往来？

　　作为自然之子的人，我们有幸与山川天地生活在一起，应有一些敬惜之心——花朵有痛，稻香有灵。

　　在一座名曰"太平城"的岛上，半山腰处，两位大叔在锯一棵大树。树被砍倒，横在那里，随着锯的移动，伤口加长，一问才知，叫铁木，一千余年了。

　　也不知确不确切，只一个劲惋惜。比我的腰身还要粗，千年不及，足有百年。一棵有痛有灵的树，就这么倒在岁月的渡口，它的伤一点点被拉长，木屑散落一地。大叔说，把它锯开，放到渡口去，这树在水里不烂。

　　说来说去，终究错在我们这些游客，是我们纷纷跑到这里，打扰了一棵古树的宁静，甚至让它送了命，从此让它在水中渡我们，此岸到彼岸。

　　我们人类并没有真正做到"与鸟兽草木共存"，这真羞愧难当。不过，可庆幸的是，比起别处来，太平湖的生态环境算是保护得极好的了。那一湖碧水，并未受到工业污染，清可鉴人——当我们置身的河流，一条条污浊不堪，若把一张脸凑过去，它们再也不复是一面面清可鉴人的镜子——人类，会否有一点羞耻心？也是，都污染成这样了，还有什么脸去河边照镜子呢？

对于鸟兽草木河流，连起码的敬畏怜惜心都无，怎谈得上独与天地精神往来？

去年初秋，第一次去太平湖。今年暮春，再次前往。一去二回的，如见故人。

湖，给予我的，除却无边的宁静，还有另一份深层的东西——山光水色何以如此清澈？实则，也不为什么，就是为了单纯的美，宛若人类，一生都在赴美的过程里沉浮跌宕。

山川河流，最值得敬畏，它们是我们最可依赖的，近得很，可感，可触，不比日月星辰，在遥远处，始终需要仰望。比起日月星辰，山水自然更加可亲，可近，总归是一个永恒的陪伴，久而久之，人在山水的不着一言里，就会悟出点什么来。

道在自然，也在人心。

自太平湖回来，颇有几分热爱生活的劲头——将来，打算去湖畔租居民房。春天，上山摘茶，挖笋，挑野菜⋯⋯盛夏，砍些竹子卖；冬天，上山打猎⋯⋯生活基本自给自足。偶尔，给远方朋友写封信，划小舟到湖对岸，乘二十分钟汽车去小城甘棠，寄掉，顺便带点牙膏、食盐回来⋯⋯

曾经，每每读到书里讲哪个古人隐居山林得道成仙的故事，势必冷笑。那时，是真浅薄。

所谓得道成仙，并非长生不老升天不死，不过是羽化的另一种说法，实指一个人将自己完全融入山水自然中，从此成了仙。

所谓"仙"，从字面上看，就是一个人居在山边，与山在一起。种豆南山的陶潜，就是一个得道成仙的典型范例。他的人生到后来，把什么都悟透，以至晚年，有了一段"相见无杂言，但道桑麻长"的神仙生活。

佛教里有"无心即拥有"的说法。去太平湖，原本带着一颗闲心，仅仅也仅仅看山望水，却次次收获良多，精神上的宁静无以言传。也总是待不够，临走，捡几只松塔带回，看着它们在书架上，我仿佛还可听闻松涛隐隐……毕竟，与山水的缘没有尽，哪怕有一线联络，好比深夜在阳台静观天象，延续一口自然的热气。

一个长期深居都市的人，应抽时间走出去，去往山水自然，哪怕沾染一点草木的气息也好，于宁静里获取一次观照内心的机会。

山水自然，才是人心的宗教，值得我们一去再去。

访白云寺

一

我居住的这座城市,周边景点乏善可陈,城内也少美食,存在感不强的一座城。城西,一座几丈高的土丘唤名"大蜀山",唯余另一座紫蓬山。假期,聊胜于无走一趟。

紫蓬山顶,有一西庐寺,方圆二十公顷,遍布麻栎树群,年纪在一百五十岁至两百岁之间,绿荫如盖,亭亭如茂,树身青苔历历……原本清幽寂静之地,可惜寺前小广场,人声鼎沸,烟雾呛喉。人群如蚁如潮,各人捧碗口粗香柱,闭眼作揖,无非求财求子求官?早已背离佛门原旨,一刻也不想停留。

寻一处清幽,何以不得?急速离开。

决定去访另一座山。那里也有一寺,白云寺。需翻两座山头。

小径乱石累成,人迹罕至,整座山当真属于我的了,一颗心倏忽静下来。导航带领我们,沿着曲折逶迤小径,往深山里探……盲肠一样的小路,七扭八弯,高低起伏,比较考验脚力。沿途遍布杉榆桐樟,骄阳被阻隔于森林之外,有涛声呼啸，地上水阴阴的。走起路来，不燥，不热，心上沁凉。蛇莓的红果，在灌木丛中星星点点，蕨类植物铺满山涧沟壑。

为缓解行路枯燥，转移小孩注意力，我们比赛飞花令，看谁储存的古诗词多些。自眼前的"山"开始。一人一句，几个来回，性急生智，将李杜等人写过的带"山"字的诗似都背过一遍后，实在词穷，强说"蜀道难，难于上青天"，后来直接说"梦游天姥吟留别"的诗题，反正是写山的。大人一旦赖皮起来，小孩无论如何驳斥不了。制定规则的人，便是王道正统，无理可讲。

不知不觉，我们爬过了一座山头，另一座山隐隐在望了。嘴间有话，注意力在诗词上，也不觉累。继续飞，飞一个"花"字。当我说"人间四月芳菲尽"，小孩迅速纠正：没花，不算。芳菲不就是花吗？上下几千年，唯有去陶李杜王那里去淘。

自春秋以往，中国古诗词浩瀚如星，若有好记性，飞一天也飞不完。

人只有到了幽静的山中，才有如此兴致，顺便温习一番古诗词。

一路走着歇着喘着，脱一层衣服，再脱一层衣服，喝点水润喉，双手插腰，眺望山势走向，慢慢地，坐落于山脚边的白云寺屋顶隐约可现。

骄阳如瀑,刺得人睁不开眼。

二

小寺无比荒凉,唯余三四幢屋子,因陋就简,依山而建,错落着,忽高忽低。路旁野草繁茂,密布一种叫作"草头"的植物,簇拥着无数小黄花。

驻足土路间,朝低处一间屋子打量。

大门洞开,门槛旁,伏一黑狗,屋内有人三四,正絮着话。

这时,一位大姐招呼:进来歇歇吧,喝点水。

正有此意,但又怕扰烦了别人。

带孩子进屋,穿堂风一阵一阵。大姐将我们的杯子续满开水,我分一点糖炒栗子给他们。

双双坐下,有一搭没一搭闲话家常……

忽然,饿意袭来,我们决定用一顿素斋。

大姐快乐地张罗起来了。说是有饭有菜,若不想吃干的,为我们下面也行。

六碗素菜,饭尚温。其中一位师父,一直趺坐姿势,微微笑。他看我们全家默然吃饭,特地踱步桌前逗孩子,指着一碗胡萝卜中的素鸡片笑言:这个像不像肉片。孩子点头,放松下来,不再拘谨。我的饭吃至碗底,有些凉了。一直记住寺里不浪费一米一菜的规矩,用开水淘淘,悉数吃下。

大姐拿我们当客待,不让我们洗碗。我坚持一定自己洗。她轻轻"哦"一声,自言自语:什么规矩你们都知道的啊。

是的,常常访寺,慢慢地,也学了一点规矩。

她往盆里舀水,是山泉水,沁凉入骨,我一边洗着几双碗筷,一边与她絮话。孩子看见两口土灶,大声嚷嚷:妈妈,这不是你喜欢的大灶嘛,说着一屁股坐在灶洞前,将松柴一点点添入锅洞里。大姐附和,哪天你们再来,烧大灶饭给你们吃,还有锅巴。

仿佛多年故交。过后,她带我参观寺里各处宿舍,说男性居楼上,是"乾";女性居楼下,叫"坤"。来到她自己宿舍,翻出一只布包,一本本装着的,都是她做笔记的本子。一笔字,端正娟秀,大约抄的是《金刚经》。

站在昏暗窗前,她略略给我讲解什么叫"善知识"⋯⋯

原来,佛的金刚手段里,隐藏着这样的绕指柔。

三

大姐安徽马鞍山人,出生知识分子家庭,小学毕业,"文革"爆发,从此辍学。多年前,结缘白云寺。退休后,一有空闲,便来寺里静居。这次来,还带了另一位老人。这老人一边听我们絮话,一边打瞌睡,大家纷纷劝她午睡去。叫人无比羡慕——白日也能睡得着的人,可真有福气。

与我一样神经衰弱的她,言及每次来寺小居,皆睡得瓷实,劝我有空也来居几日。她指着单人床上堆着的无数棉絮、被套:你看看,都是我洗的,干净得很。没人打扰你,这里多静。

我一贯睡眼惺忪疲倦不堪的。她一眼即知,这是失眠人的糟糕状态,温柔地帮我捏捏颈椎、后颅脑,并告知哪里是什么什么穴位,叫平时自己捏捏,促进血液循环,还告我,怎样敲胆经,胳膊上哪些穴位……

出于做人的矜持,实在不好长时间扰烦她,起身告辞,她故友一般将我们送出门外。临别,我抱抱她,轻声道谢。急走几步,回头,她依然站在原地。

午后烈日如九天奔下的瀑布,兜头浇着我,禁不住一个寒战。

这世间的人情之美,又一次被我遇着了。

四

我外婆也是一生与人为善,简直是菩萨。

童年里,村里隔三岔五总有老人上门乞讨。外婆将老人请进门,坐在大桌前,吃饱了再走。分别时候,外婆总说:你老人家好走哇。五六岁的我看着那一幕,甚觉异样,颇为困惑:老人又不是我家亲戚,外婆何以如此客气?别人都是盛一碗粥饭直接扣进老人瓷缸里，就一切也结束了。

童年的我，常常尾随乞讨老人挨家串户，有的人家天生冷漠，远远见老人来，把大门掩起，假装不在。

三四十年，一晃而过了，我那双打量世界的童年的眼尚在，人情冷暖历历如昨。

及长，舅舅结婚。舅妈与邻里发生口角在所难免。一次，外婆从外面回家，听闻舅妈与邻里发生了纠纷，径直往那个人家赔礼道歉。舅妈得知，气得跳脚。

一个一生不曾与别人红过脸的老人，不问对错，就是要去赔礼。

我外婆同样有佛的广大慈悲。

如今，她将自己积下的福报，全部赠与我。这些年，无论走到哪里，皆深深受惠于陌生人的善待。

是外婆种下的善因。

五

白云寺，是我所见过的最荒凉的小寺。吃饭的木桌，旧了破了，茶几边矮桌上，放了几罐咸菜，早已腐烂，想必用来佐早饭粥的吧。

住持瘦得很，但精神矍烁，他到处化缘，准备翻修一下屋子。前一任住持，同样四处筹款，可惜事业未竟，于云游路上往生了。现在,他将担子接过来,一点点做着这一切。

五月的穿堂风轻轻吹,前后门两副对联依旧红着,那一笔字颇为飘逸,不知出自谁人之手。

回返路上,遇见一位老人正在清扫落叶。孩子不认识他了,我说,这位爷爷不就是刚才那位大妈妈说过的,退休后自愿居过来帮助寺里烧饭的爷爷吗?老人家笑笑,侧身让我们过去。

午后他也不睡,一个人清扫这蜿蜒小径,不晓得可寂寞?

这也是一种静修。

小道上遍布许多奇怪的长虫,孩子怕极,来时,一路哇哇大叫,一跳一跳地走。当我们回程,所有虫子都被老爷爷扫进灌木丛里了。

累了,我们坐在青石上歇息,歇着歇着,四周的静谧致人忘我,渐渐地,与整个森林融为一体了,心兀自静,深潭一样静不见底,无喜无忧,无垢无过。四周参天大树,在五月的艳阳下肃穆庄严,像极敦煌壁画上的菩萨。

树不正是佛吗?一生风雨几百年,不曾开口讲话。可是,我们小小的人一见着它们,敬畏之情油然而生。树有佛的神圣庄严,阵阵风过,林下所有蕨类植物叶子微微耸动,恰便似拈花一笑了。

山泉隐隐,滴滴咚咚,颇为醒耳。这一线细水慢慢流,慢慢流，于森林低洼处，成一水凼，天然地生长着几丛香蒲——初夏里，我们第一次听见了蛙鸣。

我们来时，还听见了四声杜鹃的鸣叫：发棵发棵，割麦插禾。连孩子也会用汉语意译出来。四声杜鹃的发声，空灵，悠远，颇似神启，充满着亘古未变的农业秩序。

六

看我如此焦虑，大姐轻言：一切交给大自然……

那一刻，仿佛任督二脉忽然被打通了。她何以如此聪慧？

当我将目下的苦闷、困厄悉数倾吐，她复而一句：这是你的劫难。醍醐灌顶。叫人一下透了，并自觉甘心将一切承担下来，不再怨憎退缩。

原本平凡的一趟森林之旅，简直开了神启。回来的夜，也能睡过去。

翌日，又开始了新一轮战斗，送孩子上学，买菜，家务……不必焦躁，一件事，一件事，慢慢做……

森林里大树焦躁过没？安静地生，安静地活，安静地萌叶，安静地开花，安静地结果，安静地枯萎。树从未抱怨过什么，你踢它，砍它，烧它，它都默默不言。寒来暑往，默默承受，几年，几十年，几百年。

我们也要像树一样默默承受。

寂寞浮山

晨起推窗，秋雨漠漠，想去外面走走。

说走就走。去浮山。

自京台高速、合安高速，一小时余，飞驰至浮山脚下。

买好票，恍觉此山杳无人迹，唯余秋风一阵凉似一阵，我们仨瑟瑟然，将衣领紧了又紧。

拾级而上，一路原始风貌。一条条山径，依石凿出排纹，青苔历历。沿途遍布白色小花，大约是野菊了。溪水淙淙，时而白亮，时而黛绿。孩子一路走，一路啜饮。我把手放进溪水，沁凉入骨。

路口一株枫树，红黄杂糅，薄雾浅霭间，遍布旧意，似与人间隔了一层。

慢慢地，奇峰、怪石、巉岩、幽洞，逐一浮现。巨大岩洞犹如宇宙星体，凸显眼前，劈面而来的摩崖石刻，草书、隶书、行楷……叹为观止。

多少文人骚客来过这里？一幅幅，仔细辨认过去……

孟郊、白居易、欧阳修、范仲淹、王安石、黄庭坚、左光斗、张英、方苞……陆游父亲也曾来过了的。

至会圣岩。坐落古寺一座，始建于晋梁。门前大树，为银杏、冬青各一，三四百岁模样。后者结了繁星一样密的果实，披垂而下，椭圆，一颗颗，似泪滴，将坠欲坠。寺院背依会圣岩，主殿背面，滴水如丝线，被两口石缸接住，复溢出，泼泼洒洒，顺着山岩浅壑，无止无休流淌。眼前一切，被黛绿填满，岩体、地面、石墩、木柱。太老，太旧了。寺右侧，有一洞穴，黑漆一片，定睛搜寻，一副碑刻斜靠于洞穴深处，为范仲淹所撰的一副楹联：

千里瓢囊归叶省，一屏棋局付欧公。

这楹联，说的是，寺院住持为欧阳修讲棋悟道之事。

欧阳修大约于滁州太守任上，来过浮山。滁枞两地，相距可不近。

见我们一家盘桓不去，年轻住持自偏房出，踱至主殿前，象征性拨了拨烛火，轻言告知我们：这寺有千年历史了……

实则，我们逐一领略到了。

离家仓促，未带果腹之物，登上此寺，已然午餐时间。饿得心慌，怂恿家人向住持提出不情之请，可否用顿素斋……

到底被婉言谢绝。住持解释，用餐要预约。

可以理解，这座寺太小，大约只居三位师父。

站厨房门口，聚精会神看师父炒毛豆，小青豆子在锅里一跳一跳，咽了咽唾液。正欲离开，又见四位客人光临。言谈举止间，猜测其中一位大约与住持是朋友关系，主宾寒暄一番，他带的另三位来客自金陵来。住持说：就你们四位吧，刚好饭菜够了，就吃个简餐吧。

我坐在冬青树下，听闻五人暄话不休……

无视汹涌而来的饿意，凭借意志力登山而去。

寺院门楣上"会圣寺"三字，为赵朴初先生所撰，行楷，涵容幽凉的秋致，绵延的雅意。寺旁万壑峡谷，翠竹幽篁，流泻清郁之气……

这座山，太让人惊叹了，沿途遍布巨石阶台，宽而坦，窄而峭，后者仅容单人侧身而过。抱月石旁，一棵巨大无匹的无患子，生于巨石巉岩间，不见一点泥土，依然枝繁叶茂。侧身回首，将这树赏了又赏，不小心将右脚踝扭伤。

古语云：海枯石烂。原来，石头真的可以烂掉。这浮山无数岩洞，若干石刻，渐趋风化，字迹模糊不清。这一座山，实为火山。火山岩质地向来坚硬，但也抵不过千年风雨的锤打，石上字迹一点点被磨灭。

沿会圣寺拾级而上，路旁有一座古塔，沁黄色外观，早为风雨剥蚀，浑然一派，幽古苍灰，旧画一样矗立。秋风自满山松栎树枝间穿过，呜呜咽咽。看介绍，此塔由一位日本和尚所立。古塔咫尺处,倒卧一块青石残碑,镌刻四字:和尚之墓。刻有这位师父名字的上半截碑身不知去向。也不知是哪一个朝代的师父了。

松软的土里铺着明黄色松针,着火一样热烈。往上再走一截,向东眺望,透亮的一个大湖屹立眼前。山顶一亭,取名望湖亭,望的是白荡湖吧。

童年的我,站在外婆家门口,浩浩渺渺的白荡湖毕现眼前——尤其春天,湖上帆影点点,湖水为阳光所映照,出炉银一般闪亮。三十年过去,才第一次叩访湖滨这一座浮山。

山路旁,长满野茶树,茶花月白,沁黄的蕊恰似金丝桃,幽香阵阵。实在饿极,掐几片茶叶嫩头嚼嚼,微苦过后,舌上翻涌大面积回甘。山顶秋风,一阵猛似一阵,回首而望,烟墟远树,历历如画。

我们选择自山北面百步云梯下山,山南大约三分之二景点未曾光顾,实在太饿了。

低头急急赶路,心无旁骛间,黄豆稞里突然跃起一只野鸡,扑腾腾俯冲两丈远。这只锦鸡无比炫目,拖着紫檀色尾羽凌空而起,让人既惊且喜。

到得山脚下唯一一家酒馆,点了两菜一汤:豆腐果烧肉,炒茭白,青菜豆腐汤。豆腐果颇湿,不甚可口;茭白里肉丝,四五根;米饭难以下咽,硬而柴。一百一十元。我们共同给这两菜一汤打了六十分的人道主义分数。值得表扬的是，一样样菜，均明码标价，生熟不欺。

该店主热爱与名人合影，将照片张贴于墙壁显眼处。韩再芬老师来过，相声演员赵炎来过，其余著名影星、歌星名字，恕我孤陋寡闻，从未听闻。

饭罢，临时起兴，既然来了枞阳，何不拐去桐城看一看——自古桐枞一家。

两地间未通高速。尘土飞扬的二级公路旁，竖立若干"国家扶贫点"牌子，触目惊心。姚鼐墓也在这一路。正是所谓的，枞阳出人，桐城出文。姚鼐正是枞阳人。

临近桐城地界，顺便拐至孔城古镇，停车场七八辆车，一样的秋风萧瑟。到得古镇门前，需买票，方可参观。

心意阑珊，作罢，不进了。

一座千年死城。李鸿章当年也曾将钱庄开至此地——中国近代史上，除了梁任公擅长理财，李鸿章当仁不让。

桐城文庙前，秋风依旧萧瑟，老人们在文庙旁，依着石阶玩扑克。偶尔一个孩子，在玩滑板车。游人寂寂可数，有几只汉白玉小狮子蹲于原地，异常可爱。一张汉白玉牌坊后，对称长着两株柑橘树，青果郁郁累累。

眼前一切，仿佛都是簇新的，处处有油漆味道。孔子像，塑得那么胖，我不太信——他前半生忧患民生，辗转异国舍命推销自己,辛苦飘蓬不定,后半生收徒立学,何胖之有?

这文庙里,唯独孔子主殿前悬挂的那块匾,是旧的,匾上四字意味深长:与天地参。

这块匾额,竟能躲过"文革"浩劫,也是一幸。

去冬受邀来过,当时人众,走马观花,记忆模糊。

直接去大殿左侧偏僻角落平房,再看姚鼐两幅书法复制品,分别是庾信《枯树赋》、李邕《缙云三帖》:

平鳞铲甲,落角摧牙。重重碎锦,片片真花。纷披草树,散乱烟霞……

昨夜大雨,所料道计不堪矣,已使侄行,托即百方,使通缙云城,去得永康探秋……

是行楷,一粒一粒,疏朗有致,于光阴的更迭间静置,而发散微光,令人爱惜。横撇竖捺里,遍布一个文人的内涵与风骨。

于尘土迷蒙的公路飞奔而来,只为看看姚鼐这两幅字帖,还是复刻的,可谓痴心不死。

桐城派早成枯骨,风烟俱尽,是在以安庆人陈独秀为首的新白话文运动中轰然倒塌的,真是莫大讽刺。

一直不太明白，作为乡贤的陈独秀、胡适们，对桐城派文风何以大肆鞭挞而不留一丝余地？面对当下满地粗鄙白话文风，陈、胡二位泉下有知，当作何感？

是黄昏了，天光晦暗，秋风徐徐，天井里无数飞蛾，两位守门妇女正在热烈聊天，桌上停着一只暖水瓶。

孩子忽然发问：曾国藩为什么是方苞的膺服弟子？我们耐心为他解释，所谓膺服，是指精神上的师徒关系，两人并非认识……

回庐途中，不禁替浮山惋惜——绝无仅有的一座奇山文山，却绝少游客。

再想，也合当下环境。让它一直寂寞下去吧。

泡桐花一样的杭州

去年春，想去扬州看琼花，为琐事所羁绊，终于没去成。今年，特别想去杭州。

说不清，杭州为何如此吸引我？第一次过杭州，只停留一夜。吃罢夜饭，已然十点，一行二十余人，兴冲冲打车往西湖。当夜无月，大风浩荡，众人趁黑在白堤走了一个来回，匆匆返回酒店。事后回想，简直具备一种矫情的仪式感，抑或是众僧朝圣？

第二次也是路过，特意早到半日，去酒店放下行李，胡乱填饱胃，搭乘公车一路奔赴西湖，独自逛了整整一下午。

大华饭店附近两架木香开得奢华，一球一球的花朵，白如万顷波涛，一浪一浪地耸立着，走远了，隐隐约约间，可闻涛声。

去任何陌生之地，最喜欢逛菜市。

当下的杭州菜场，想必有天目山的黄泥笋。一入菜场，鼻腔里首先充盈着特有的泥腥气，那是天目山的气息。小山似的黄泥笋堆在街角，饶有画意。当地主妇们拎着小竹篮，闲闲地走着看着，篮子里都装了七八棵黄泥笋。望着她们平凡的背影，一贯虚无的日子，慢慢地有了落脚点，倏忽间踏实起来，是沉甸甸的质感与厚度。这样有笋可食的日子，既充满诗意，又飘荡着蔬笋气。主妇们坐在自家泡桐树下剥笋，紫花落了一地，两只脚都没处搁，全是花——在花香里剥笋，过自己的日子，平平凡凡，落落大方。银杏叶那么绿，在晨曦里微微晃动，小鸟嘀嘀咕咕，偶或风来，吹来槐花的清香。那些剥好的笋，露出象牙白的笋肉，嫩得可以掐出水。

许多酒馆饭庄，坐落于小巷内。每家门口，皆储养一盆淡菜，乌青色，遍布大海的咸腥……随意去一家小饭庄，一盘油焖黄泥笋，一盘清蒸黄鱼，就半盏米饭，最后再喝一碗淡菜汤。淡菜的汤汁乳白，腥气全无，只略略点缀几片黄姜。

最难忘杭州的泡桐花。老城区的房屋，差不多都是旧色，铁栅栏边，低矮的砖墙边，皆耸立着泡桐树粗壮的身影，喇叭一样的紫花一扭一扭垂坠而下。泡桐叶子尚未舒展开，雀舌样的绿芽苞默默绽放。正当午，若独自走在泡桐树下，泡桐花汹涌的香气简直陷人于灭顶之灾，闻久了，怕是会晕眩的。

好长一段时间里，杭州给我的印象，便是充满着泡桐花一样的梦幻紫，以及欧米茄专卖店整个一面白墙的巨幅招贴画的奢华，古典又现代的城市。

去杭州，将酒店最好也选在小巷内。

春夜静谧，一个人漫步于路灯下。风来，泡桐树窸窸窣窣落着花，那些花，打着旋，在地上滚来滚去，一直滚到墙根边。最好有满月，独自于月下，纵然日渐枯槁的身心，也会一点点复苏。月华如流水，可闻，可触，却也白白流逝了。春夜的惆怅自古皆然，所以，李商隐写：怅卧新春白袷衣。

　　这个时节的西湖，碧桃谢了，山桃花差不多也凋落了，唯鸢尾花，如宝石冷冷的蓝，黄莺在柳浪里一声叠一声鸣叫。歇于木亭间，呆望湖水，一波一波涌动，久之，人痴痴盹盹，整个肉身仿佛虚化掉，融入自然的一部分。微风送来青草的馨香——青草丛中，除了跳跃不定的麻雀，还有紫花地丁、白花地丁，蒲公英星星一般杂糅其间。整个修葺一新的草地，好比一块块花色繁多的布料，青草绿的底子上，有紫的花、白的花、黄的花，这样的料子，可以用来做窗帘，或者一件瘦削的衬衫。

　　湖水氤氲，人渐慵懒，快要瞌睡了。一骨碌站起来，去售票亭的窗口，买一张去瀛洲岛的票。

　　岛上人众，又似有一些荒冷。沿四周步行一圈，实在倦乏，静静坐在石阶上望水、望山……那些青山的剪影，无一不来自范宽的泼墨，一年年地沐风浴雨，设色未改。

　　暮霭渐浓，差不多该回酒店了。船是画舫型的木船，两头翘，无数木格子窗棂，将四月的晚风筛得细致温柔，条条缕缕,绵延如梦。船行湖面,犁出一道道白沟。

岸畔,恰好有一株一人高的含笑,月白的香气里,回头看,雷峰塔早已在一重又一重的青山之外了。西湖处处烟云浩渺的,有一点点的动荡,似乎在海上。

信步湖边小店,拿几盒西湖藕粉。待结好账,店家的三菜一汤正好上了桌,老板操持夹生浙普,笑嘻嘻邀请:一起吃饭吧!

纵然是客套,也还是感谢了一下。这便是姚黄魏紫的杭州啊。

溪声

酷夏，心绪紊乱烦躁时，适合听听溪声，抑或翻翻古画。尤其宋画，满纸细白的墨气，那份与人世的疏淡，总是令人静，但，到底不如溪声来得灵动而自然。

九华山后山的神龙谷，不可多得的清幽之地，除了大树美荫，可听一路溪声。缘溪行，心旷神怡。有的地方山势陡峭，溪流忽而变宽，碎玉一样的溪水，众鸭般飞翔于巨石间，溅起尺高水花，复而落去低洼……让人感觉这样的水，并非流着往前的，而是飞奔着一路小跑，或可去赶个头集什么的，你不让我，我不让你，齐齐挤得急了，有了争执的轰鸣之声，也传不远，一起被幽谧的森林接纳下来。继续往前，山势平坦，溪水潺潺缓缓，分明在徜徉了，好比一群人午间用餐后的歇息，一溪，一亭。众人坐亭里闲话，亭外的天光昏昏然，溪水于咫尺之地，聚至一深潭，潭内有鱼二三群，空游无所依。靠在亭檐，望远方山色，耳畔被虫吟灌满，恍恍然，又惚惚然，梦一样失真。

再往山谷深处进发，鸟鸣更幽，山愈发静了，一路水流潺潺。溪旁蹲着巨石，遍身覆满青苔，是王维所言的"空翠湿人衣",可以拎得下水来的。老玉一般的溪水,似自远古的商代来,于地下深埋三千余年。一个人若无足够的阳气,是震不住的。钴蓝的天倒映于溪水中,将溪水洇至青碧,俄顷,一齐溅于巨石上,散成珍珠,捧之,清冽;饮之,甘甜。溪中有一圆石,一对情侣赤足盘坐,女孩聚精会神剥一只粽子吃,男孩眼望山涧,神游世外——天、地、人,聚齐了,犹如南宋人一小幅水墨,略略点染几笔青山窄溪,格外与人亲,与人静。

停停走走中,忽闻轰鸣之声,如万马奔腾,亦如虎啸龙吟,咫尺处,一挂瀑布尽显目前。趋近,仰望之,神驰天外,此情此景,像极《老残游记》里一处名胜——夜阑人寂,睡在茅棚之中的人忽闻虎啸,继而坐起,神奇多过惊惧。山间太美——瀑布几千年的流淌冲刷,将周边一切的石头,皆磨去棱角,一切都那么浑圆的了。溪水白练一般倾泻,被蓝天映衬着,令人有欲仙之叹。伫立久之,不肯离去。天地是有脾气的吧,虎啸龙吟,便是天地的脾气,而溪声永远是一个好脾气的人,一直在同一个节律上,潺潺缓缓,叮叮淙淙,可映照出你一颗心苍苔历历,让你不得不静下来冥思,真正与天地同在。与溪声相伴,便是把一颗心融于天地了,人尽管渺小,但,再也不觉得孤单、落魄、失败。彼时,每个人都化身为王维晚年的一首首五言,没有了小我,山色有无中,江流天地外。

　　神龙谷瀑布，稀世之有。适宜月夜去，三两好友，携一壶薄酒御寒，盘坐于圆石之上，被月光朗朗照着，看天上稀疏的星辰，听一夜溪声，天明，方归。

　　九华山后山，除了神龙谷的溪水，还有另一处叫不出名字来。那里溪流，宽约一米见方，两边皆为壁立千仞的危崖，溪畔，有野茶、萱草；溪中巨石上，除了青苔，还有菖蒲，小小的，孤寒而泠泠然，一株，一株，仿佛宝珠泛光，绿意幽深，卓尔不群，惹人怜爱，是仙物了。纵然双手捧着，移栽回来，一旦沾染上人的浊气，它们怕也是活不成的，唯有待在山间，与溪水为伴，方才舒豁自然。人四五个，齐齐对着那几株菖蒲看了又看——溪水如万马奔腾，我们的心分外静谧无言。

　　深山溪畔，邂逅菖蒲，也是福气。

　　九华山后山，一直不为人知，总是那么荒疏寂寥。可是，寂寥恰恰是一座山本来的样子啊。这山间的溪声，纯粹自然，古画一样，值得人反复摩挲。无论听溪，抑或看古画，不都是精神上的打坐吗？任凭骄阳似火，内心自是静寂，浮气顿消，烦恼皆忘。

褒禅山记

无数次往返合芜高速，至含山县境内，路旁竖着一个"褒禅山"字样的牌子。这难道就是中学课本里学过的王安石《游褒禅山记》里的褒禅山。这篇游记的内容忘得差不多了，不曾想，褒禅山便坐落于皖地。每一次，皆来去匆匆，时间紧迫，总想着，等下一次吧，时间充裕了，一定顺道拜访褒禅山。

一

一日，起了一个早，送父亲回芜。在小城吃完午餐，匆匆开车回转。

当又一次看见"褒禅山"路牌，兴之所至，拐下高速，直奔含山县城，二十余公里处，便是伍子胥昭关古道，叫人吃惊。

一路群山逶迤，满眼皆绿，车行乡村公路，阒无人烟，颇显荒寒，唯地里庄稼随着夏风起起伏伏，充满着生的喧嚣。芝麻花期将尽，累累青荚，如士兵列阵；棉花乍出幼苗，一派嫩纷纷，似可掐一把凉拌着吃；山芋藤葳蕤一片，黄豆啊，田里的晚稻秧啊，拥挤着，簇拥着，无尽的绿……明明是朗晴的天，忽然一道闪电，于前方山巅无声劈下，令人惊愕。

一路看着，感慨着，褒禅山到了。

山不太高，幔帐一般牵连于一道道，自山脚下，便可望见山腰寺庙土黄色尖角廊檐。有一水泥路直通褒禅寺，沿途香樟密布，几乎每一棵树上都居了一只纺织娘，约好了似的，齐齐防线呢，机器踩得欢实：吱哦，吱哦，呜呜呜，呜呜呜，吱呵吱呵……叫得一颗原本疲倦的心，瞬间复活，一下醒神过来，宛如重回童年。与孩子站在树下，循声搜寻枝丫间纺织娘的身影，怎么也找不着。不知纺织娘学名叫什么，我们小时都爱叫她"纺骨车子"。根本无法对孩子解释这种昆虫的习性，简直奇幻的事情，轻轻一脚，便踏入童年的意境里。

走着走着，褒禅寺映入目前，崭新的琉璃瓦点射着下午三点的骄阳，闪闪发光。

这寺真是静，不仅静，更有纵深。

我们低声敛气穿过一座又一座宫殿，未曾遇见一位游人。宫殿依山而建，房屋结构，陡峭而圆妙，其中一座宫殿两侧，各辟一座水池，铺满繁茂的睡莲，叶子肥硕而苍绿，一朵莲花也无，底肥可能太过肥沃。小时，我们在乡下，若将土地搞得肥沃，会烧得庄稼既不开花，也不结果，养料过足，庄稼们仿佛忘了自己的使命，简直过傻了，一个劲徒生枝叶。

宫殿后，耸立一佛座塔，也是新的。一名僧人正面塔叩头，他那么瘦，那么虔诚，长跪不起，将额头深深贴放于水泥地，久久地，久久地——他的身体里似居着一山的渊静。不便打扰，退出很远，望着他，滋味杂陈。人倘若有信仰，他的一颗心必有所归依，也不会孤独了吧。

褒禅寺散布着各式各样房子，转来转去，总是转不完。我们来晚了一步，刚刚结束一场法事。一位居士正在整理百合，她娴熟地插了七八瓶，差使年轻僧人分送至各座宫殿礼佛……

与寺比邻的另一幢宿舍楼，居着许多老人，简直养老院一样的所在，老人们皆上了年岁，大多佝偻着腰身，眼窝深陷，她们脖上、手上，均缠了佛珠的。宿舍楼上贴有字条："止语""照顾话头"等。作息时间一一注明：凌晨四点起床，六点早餐，十一点午餐，五点药石。

二

不知不觉，我们在寺里流连了近两小时。当蹲在寺前与鸽子玩耍时，忽闻打板声。意味着"药石"时间到了。走进饭堂，与大师傅商量，可不可以留下用一顿素斋。大师傅爽快答应，并说，晚餐简单，一碗素面或者一点炒饭。他又说，寺里早餐、午餐比较隆重些。

打板声落下,僧人们、居士们陆陆续续来到饭堂。男女排队分开吃。餐桌上摆有红枣、饼干、苹果等零食,随取。那些老人看起来非常的好胃口,一会儿工夫,她们将零食拿空,各自的衣服口袋被塞得鼓鼓囊囊的。

一桶面条,麻油下的,非常香;面里有一些小青菜秧子。另有炒菜两样,一样清炒西红柿,一样豆腐烩白木耳大白菜,另有一小碗棕灰色咸榨菜。

我不太饿,象征性舀了小半碗面,吃进嘴里,咸,原来是挂面,齁咸齁咸。看见那位整理百合花的居士,将面水氵丙掉,重新兑开水,再氵丙掉。我不好意思照做,忍着往下吃,后来,剩一小撮面条,实在太齁了,不想再吃,试探性问身旁女子:可不可以不吃了?她面无表情递过来一句:吃下去!

明明看见外面有一只垃圾桶,到底不好意思倒掉,终于吃下去了。甚至,连吐西红柿皮,也觉罪过。

深居寺中,一饭一食得之不易,不能浪费了。

早早吃完,去孩子那边查看,小人家将满满一碗面全部吃下去了,问他:不咸吗?小人家摇摇头:一点不咸啊。颇为奇怪。有一名僧人来晚了,众人皆将空碗送去水槽边,他才盛上一碗面,一点汤水不要,且拌入许多橄榄菜——这得多咸啊。许是茹素久了,味蕾已经感知不出了。

那些老人们,吃着面条,也觉得香,早已察觉不出咸来。

或许，她们自年轻时便在这寺里帮工，做了一辈子，到了晚年，就留在这里养老了。

三

有一位帮工的年轻女子，她一直闷闷不乐的样子，令人揪心。看着她无光的眼神，非常压抑。自来寺里，看见的第一个人，便是她——双手插在衣袋，低头急急走路的模样，一派漠然，仿佛这个世界与她无关了。在她身上，我又一次看见青春期的自己，一直压抑着的郁郁寡欢地生活着的。我的整个青春期是在小城芜湖度过的，未曾有过快乐可言。每每寒冬，想着叵测的前途，真是绝望啊。有一阵，在市中心的一座大楼办公，实在冷极，便下楼来，踱至新芜路一家小饭馆，喝下一小瓦罐鸽子汤，微微冒点细汗，再走回办公室……人生真是无聊啊，没有什么值得的东西可凭抓在手里的，就那样，一日日漠然地活着……

我家屋后，横陈一条货车铁轨。当盛夏，吃过晚餐，余下时日无可打发，我便去走那条漫长的锈迹斑斑的铁轨，望东边方向，一直走到郊区，任无边暮色将我吞没……

不知这位女子遇着什么坎坷，仿佛一直沉溺下去了。因为不舒心，眉头紧锁，她的脸色蜡黄，那么瘦，灰褂子在身上晃来晃去。她做起事情来，却又那么专注。开饭前，事先将不锈钢碗，一扎扎摆放整齐，给老人们的零食，一样样摆摆好。然后与我们一样，盛一碗面条，低头沉闷地吃，不发出一丝声响。众人的脸都是舒展着的，唯有她，如此不快乐。

若想与她谈谈心，却又从何聊起呢。她的冷淡漠然，令人无法靠近。

吃完晚餐，出门来，想想不应该，又退回去，往饭堂那口木箱里随了一点心意。

出得寺门来，在门口草地上遇着两只兔子，啃一点苹果皮喂它们。小精灵一点不怕人，仿佛如遇故人般的稔熟，孩子蹲下，摸摸它的背，它也不排斥。所有的苹果皮吃完，它们默默无言地去了草丛深处……几百只鸽子站在寺前电线上，默默然望着远方的群山。

我站在寺前，也望着群山，一派苍古，距王安石来这里，一千余年过去了。褒禅山，还是那座山，树木还是那些树木，天空还是那样的天空，世间的一切仿佛未曾改变过。

我们何以热爱访古？因为王安石的一篇游记，褒禅山就不朽了吗？因为李白的一首五言，原本平凡的敬亭山就不朽了吗？

不是的，这样的不朽，是文化的不朽，文明的不朽。

对于王安石，并不太有好感。当年，因为他的一系列变法（尤其青苗法），导致民不聊生的悲惨境况，仿佛犹在，以及他与司马光、苏轼等人皆卷进去的朋党之争，简直血雨腥风……晚年的他，全身而退，隐居金陵。

金陵距含山颇近，隔一条长江而已。这作于"至和元年"的《游褒禅山记》，一定是他晚年退隐金陵之后写就的。

四

等启程回庐，天上忽现乌云，大雨欲来，依靠导航走了一段沪武高速以后，天空豁然开朗起来，一会儿都云开气清了。

盛夏的黄昏，正是欣赏云之最佳时段。恰逢农历七月——七月的云，在民间被称之为"巧云"。大风峨峨然，西天的云，一忽儿像一只举起前爪站立着的北极熊，一忽儿又像一匹飞奔的战马，一忽儿又是一个裙裾飞扬的仙女，手拿一柄宝剑……看着看着，太阳衔山而去了，难得领略一次"残阳如血"的意境——西天涌现出大片玫瑰色云团，绚烂至极。田畈的秧苗天鹅绒一般柔软。天上的云是仙物，地上的庄稼是恩物。夜色降临，耳畔尽显风声，我们度过一个奇异的黄昏。

五

公元前 522 年，楚国大夫伍子胥为躲避楚平王追杀，一路奔逃，弃楚投吴。到了昭关，到处贴出通缉他的人头像，实在出不去了，他急得一夜白头，正好与自己的画像有了不同。在友人的协助下，终于逃至吴国。昭关正是吴楚地界的一个重要关隘。一夜白头的伍子胥，走过的这条小路，往后便被称作了"昭关古道"。

十五年后，伍子胥率领吴国军队，攻下昭关，只扑楚国，走的还是这条小路……

三千余年后，我们原本奔着褒禅山去的，不料竟与这三千年前的古道重逢，真是别一番滋味。

岁月汤汤，我们小小的人，于历史长河，该是何等的渺小而不值一提。

六

一直忘不了，褒禅山寺那位年轻僧人，他何等虔诚地跪在塔前礼佛……烈日下，他匍匐在地的身姿，犹如神启，更是隐喻。

生命里，似乎没有几样东西值得我们执着追求，完全将一颗心扑上去，献祭一般。